LA VIE EN MIEUX

DU MÊME AUTEUR

Un sou d'or, nouvelles et conte. Prix de l'Académie du Périgord 1974. Ed. Perret-Gentil, Genève. Epuisé. Réédition Plaisir de Lire, La Croix sur Lutry.

La colère, nouvelle. Prix Paul Budry 1974. Epuisé.

Le Chemin de l'Espagne, roman. Illustration Frédérique Blaes. Co-éd. L'Amitié par le Livre, France, Plaisir de Lire, Suisse. Epuisé.

Sara ou le Soleil gris, conte. Illustrations photograph. de Yucky Goeldlin. Ed. des Terreaux, Lausanne (hors commerce)

Le Diablange, ou pourquoi les Caméléons changent de couleur, conte pour enfants. Prix de l'Œuvre suisse des Lectures pour la Jeunesse 1978. Ed. O.S.L.J.

C'est de nouveau l'aube, nouvelles et contes. Ed. Perret-Gentil, Genève. Distribution : Plaisir de Lire.

Mortes, mes îles..., nouvelles. Ed. Plaisir de Lire, La Croix sur Lutry.

Ce livre a bénéficié de l'appui de l'Association Vaudoise des Ecrivains (legs Berthe Vulliemin)

FRANCINE-CHARLOTTE GEHRI

LA VIE EN MIEUX

NOUVELLES

L'AGE D'HOMME

Raconter des histoires est la seule chose concevable pour un être aussi superficiel que moi.

Bruce Chatwin

Mon oncle en plaqué or

Il faut que je m'y résigne : je n'aurai jamais le fin mot de cette affaire.

Tous ceux qui peut-être savaient sont morts, maintenant ; je m'y suis prise trop tard. D'ailleurs, en admettant que je les aie questionnés de leur vivant – et à ce moment-là, le doute ne me travaillant pas encore, pourquoi l'aurais-je fait ? – se seraient-ils décidés à rompre ce qui (pour autant qu'il y ait eu réellement un « secret de famille ») apparaît comme une véritable conjuration du silence ?

Il y a, dans le fait de vieillir, certains aspects difficiles à accepter dont l'importance varie suivant les individus. Ainsi, les rides désoleront-elles celle-ci alors que tel autre maudira ses handicaps physiques ; pour un troisième, ce sera cette audace qu'il apportait à vivre et qui peu à peu, contre sa volonté, se met en veilleuse...

Pour moi, c'est le fait de perdre, au fil des ans, ceux qui, avec moi, ont été les témoins d'une époque révolue. Chaque décès me laisse un peu plus démunie, dans l'impossibilité où je me trouve d'évoquer désormais, en compagnie, certains événements, certaines figures que, promue malgré moi tête de file, je vais être bientôt la seule à avoir connus. C'est comme si s'élevaient autour de moi des murs, dans lesquels chacun des disparus avait le pouvoir d'ouvrir des portes me permettant de rendre visite à des amis vivant derrière : tous ces êtres que je n'ai pas eu le temps de vraiment connaître, comprendre, déchiffrer. Peu à peu, toutes ces portes se ferment définitivement. Faute des renseignements qu'auraient seuls pu me fournir ceux qui, un à un, s'en vont à leur tour, jamais plus je ne percerai ces mystères que je pressens.

Il y a là comme une injustice : lorsque j'étais enfant, tous ces êtres se sont présentés sans fard devant mes yeux qu'ils savaient incapables de percevoir autre chose que leurs gestes, leurs mots, leurs allées et venues qu'aucune ligne motrice ne reliait entre eux, et dénués pour moi de sens. Lorsqu'à mon tour je suis devenue adulte, donc apte à analyser les raisons de leur conduite, pfuit !... ils ont quitté la scène.

Alors, ne me résignant pas, j'invente. Ou plutôt, je cède à la fabulation, ornant mes fugaces souvenirs de larmes, de rires, imaginant des rapports saugrenus de cause à effet, ajoutant des plumes, des aigrettes, du clinquant somme toute, afin de rendre – à mes yeux tout au moins – significative, crédible, vivante, vraie, la pièce sans queue ni tête à laquelle j'ai assisté, autrefois.

Ainsi, qui me dira désormais qui était, réellement, Arthur-le-Magnifique ?

Tant qu'il vivait, je ne m'en souciais guère. Ou plutôt non : il me suffisait qu'il existât. Sans que j'en aie conscience, il apportait dans ma vie d'enfant ce supplément d'inattendu, de surprenant, d'insolite qui m'était – qui m'est encore – nécessaire. Depuis qu'il a disparu, me voilà tournant autour du personnage, me remémorant son visage de vieux gamin un peu pervers, notant en un éclair le rapide froncement de ses fins sourcils, le plissement moqueur de son nez ; soudain m'enveloppe son léger parfum de verveine, ou celui de son tabac blond alors que, fermant à demi un œil, il envoyait en l'air un nuage de fumée bleuâtre. J'entends son petit rire bref, pareil au bruit que produiraient de minces baguettes de bambou sur une lamelle de teck. Cette évocation vaguement chinoise est-elle exacte, ou me vient-elle d'avoir trop scruté cette vieille photo racornie me restituant un Arthur jouant les mandarins, vêtu d'un ample pyjama de satin noir à revers argentés ? Et si je dis qu'il plissait son nez, est-ce pour l'avoir réellement vu le faire, ou pas plutôt parce que, dès le berceau, on m'a constamment seriné « Ne plisse donc pas ainsi ton nez, tu ressembles à “l'Autre”... » ?

“L'Autre”... N'est-ce pas ainsi que parfois on désigne, également, le Diable lui-même ? N'était-ce pas déjà signifier combien l'on redoutait que je ressemblasse à mon oncle Arthur ? Le simple fait de m'adonner à ce tic innocent faisait-il craindre à mon entourage que je perpétue une catégorie d'êtres funestes dont un seul exemplaire, en sa personne, suffisait à la famille ? Etions-nous, lui le premier, moi paraissant lui emboîter le pas, de ces incarnations malignes, lutins prenant la forme d'un jeune homme un peu trop séduisant, d'une petite fille aux yeux trop clairs, mis sur terre pour berner et tourmenter le pauvre monde ? Notre commun plissement de nez était-il le signe de ralliement d'une tribu d'extra-terrestres pernicieux ?

Aussi bien ne plissé-je plus mon nez, si tant est que je l'aie jamais fait. L'endoctrinement, sur ce plan-là comme sur d'autres, fut sévère et porta ses fruits. Mais si j'ai gommé les signes extérieurs, qui pourrait jurer qu'à l'intérieur... ?

D'Arthur, je garde le souvenir d'un être fascinant. Bien sûr, je le sais maintenant, les raisons et les conséquences de ses comportements charmeurs étaient désastreuses, mais j'étais bien trop petite alors – ou trop jeune, ensuite – pour démêler ce qu'ils avaient de calculateur et de tortueux, et pour en mesurer les retombées.

Simplement, je le regardais, je l'écoutais, et je m'émerveillais.

Il était comme un baladin : avec lui, j'avais constamment le sentiment d'assister à quelque représentation théâtrale. Et les histoires qu'il me narrait, la description des gens qu'il fréquentait, des pays qu'il visitait, du milieu dans lequel il évoluait me ravissaient au même titre que les contes dont m'abreuvait grand-maman. Comment aurais-je pu réaliser qu'au moyen des mêmes fils soyeux, il ne cessait de tisser autour des adultes des pièges dans lesquels ils se laissaient engluer comme des mouches, et ceci dans le but de leur extorquer leur dernier argent ?

Pendant des mois, à part quelques cartes postales, on n'entendait plus parler de lui. Et sans doute ses sœurs (ma mère et mes deux tantes) se disaient-elles : « Dieu merci ! le voilà disparu pour de bon... » quand soudain il réapparaissait, ses valises regorgeant de cadeaux somptueux pour tous les membres de la famille. Pour Marthe également : n'était-ce pas de lui qu'elle tenait cet œuf d'autruche auquel elle avait élevé, dans sa mansarde, une sorte d'autel ?

Le jour où s'achevait la visite-éclair d'Arthur commençait une série de conciliabules entre les trois sœurs doublées de leurs époux, réunions que ponctuaient des « C'est tout de même un monde... », des « Leur chemise, je vous dis, ils finiront par lui donner leur chemise... », et puis des chiffres. Après quoi chacun rentrait chez soi, accablé.

Rien, pourtant, ne paraît avoir prédisposé mes grands-parents à engendrer un aussi fâcheux rejeton. Ils étaient, comme on dit, « de braves gens partis de rien, travailleurs, honnêtes et économes, qui avaient réussi à se faire leur place au soleil ».

Grand-papa se prénommait Louis. Plus exactement,

ainsi le nomma-t-on durant sa jeunesse, après quoi il choisit de se faire appeler John. Pourquoi John, dans nos campagnes non acquises encore à l'anglais, et où chacun prononçait « Jone », quand ce n'était pas « le Jone » ? Sans doute cela lui parut-il distingué, chic ? « Louis, dit John » signa-t-il toujours de sa grosse écriture malhabile, car il n'avait guère eu le loisir de fréquenter l'école. Sans doute avait-il quelque excuse à renier ainsi son premier prénom : ses parents (me croira-t-on ?) avaient mis au monde un si grand nombre d'enfants qu'ils oublièrent, lors du baptême de ce ixième fils, avoir déjà fait usage de Louis pour leur aîné. Deux dans la même famille, – et tous deux bien vivants – cela créait des malentendus. Va donc pour John...

Qui, à l'âge de quinze ans, quitta les siens le jour même où sa confirmation religieuse lui conféra le statut d'adulte autonome. Pour seuls bagages il emportait, noués à son cou par leurs lacets, les souliers que pour la circonstance on lui avait achetés « de rencontre ». A chaque fois que grand-papa m'a raconté cet épisode (qui me paraissait sortir tout droit de *Sans Famille)* je me le suis imaginé doté de souliers « à rencontres » destinés, dans mon esprit, à lui en ménager de merveilleuses, tout au long de sa route.

Le fait est que, devenu palefrenier dans un petit hôtel, il en fit une, de rencontre, en la personne d'une mignonne Bernoise rose et blonde à ravir, toute potelée, et fine cuisinière de surcroît. C'était Elisabeth qui devint sa femme, ma petite grand-mère.

Et pour ce qui est de travailler, Dieu sait qu'ils le firent, ces deux-là ! Et jusqu'où ne s'élevèrent-ils pas ! Il faut dire qu'il avait bien un peu la folie des grandeurs, John. Tour à tour valet de ferme, cafetier, marchand de bois, de vin, il s'enrichit peu à peu. Il n'y eut qu'un projet auquel Elisabeth refusa de souscrire : l'achat d'un manège qu'il convoitait et qui les aurait mués en forains. Et puis vint la guerre (l'autre, celle d'avant) qui lui permit de se propulser dans un monde d'affaires beaucoup plus considérables. Promoteur avant l'heure, John ? va savoir...

Au fil des années leur étaient nées trois filles. Un bon bout de temps après, le fils ardemment souhaité, Arthur-le-Bien-aimé. Finalement, me semble-t-il, une petite fille encore, qui mourut en bas âge.

Au moment où je prends conscience de l'existence de mes grands-parents, ils vivaient dans une propriété sublime, achetée à une espèce de comtesse polonaise (drôle de comtesse, chuchotait-on, qui devait son titre davantage à ses charmes qu'à sa naissance). La présence de cette dame hantait encore la demeure, sous la forme d'un immense tableau ovale encadré d'or où on la voyait, ravissante, en crinoline rose, longues anglaises et décolleté carré vertigineux, assise sur un nuage, un miroir à la main, tandis que des angelots joufflus voletaient autour d'elle, lui tendant qui le poudrier, qui la houppette. Noyée dans un arrière-fond laiteux, on distinguait la maison : Beauregard.

La comtesse avait cédé à grand-papa non seulement les terrains et les murs mais encore les meubles, l'argenterie, les bibelots, la vaisselle et le linge, ce qui nous valut de nous essuyer longtemps les lèvres avec des serviettes de fil brodées, à l'angle, d'une petite couronne. Et de nous pavaner, ma sœur Arabel et moi, coiffées d'un ravissant chapeau en fine paille de riz orné de rubans, de blonde, et d'un long suivez-moi-jeune-homme composé de fleurs champêtres en soie – chapeau qui nous accompagna par la suite dans nos nombreux déménagements, et que nous avions coutume de suspendre au portemanteau de l'entrée.

C'était réellement une propriété de rêve, sise sur les

hauteurs de la ville et dominant le lac. Outre la maison, elle comportait un grand parc, des jardins, des prés et vergers, une ferme avec fermier, vaches et chevaux, et même une source. Sur les pelouses, au détour des allées sablées, on disposait en été de ces cabines de bain qui faisaient fureur sur les plages en 1900, fauteuils en forme de maisonnettes d'osier. Arabel et moi les renversions dans l'herbe et jouions à la tortue... Des lauriers-roses émergeant d'immenses vasques de céramique ponctuaient la terrasse. Dans chacune des pièces, les lustres reproduisaient les motifs des papiers muraux et des rideaux – fleurs ou fruits, chaînes dorées, oiseaux...

Lorsque j'évoque ainsi Beauregard, il m'apparaît maintenant que j'ai rêvé, qu'il est impossible que nous ayons jamais vécu dans un tel cadre auquel rien dans leurs origines, leur éducation, leurs goûts, leur manière de vivre, n'avait préparé mes grands-parents. Quand elle errait dans les salons, grand-mère osait-elle toucher à tous ces objets fragiles ? et si par inadvertance elle venait à en casser un, résistait-elle à l'envie d'en dissimuler les morceaux, se demandant avec angoisse « ce qu'allait dire Madame » ? Pourtant, des photographies sont là, qui attestent d'une douce vie un peu nonchalante...

Grand-mère élaborait en été une limonade incomparable à base de citrons, de fleurs de sureau ou de tilleul, on y jetait une poignée de riz, on laissait macérer quelques jours au soleil, on filtrait, on mettait en bouteilles scellées, et cela vous pétillait comme du champagne, quand on prenait le frais à l'ombre du grand figuier, près du puits.

Mais quand apparaissait Arthur, c'était de vrai champagne qu'on faisait sauter le bouchon, et on le dégustait en l'écoutant parler de ce « grand monde » dans lequel il évoluait, Paris, Londres, Cannes, Biarritz...

Les costumes clairs d'Arthur, ses chaussures pointues bicolores, ses fines chaussettes de soie à baguette rebrodée, ses pochettes parfumées, ses cigarettes orientales à bout doré... Et puis sa mobilité, cette manière de ne jamais rester tout à fait arrêté, de ne jamais s'enfoncer dans les fauteuils mais de se percher sur leur accoudoir. Sa désinvolture, aussi, son charme acide. Un prince russe voyageant incognito. Un prince russe un peu fin de race, un peu décadent, me disent maintenant les photos.

Et surgissaient alors les cadeaux, Arthur se muait en prestidigitateur, et pleuvaient les robettes de velours ornées de point d'Alençon, les sandales vernies, les petits kilts écossais.

Et puis le petit chien noir et blanc. Vivant. Et puis le perroquet. Vivant, et qui jurait comme un soudard quand il ne se suspendait pas aux barreaux de sa cage par le bec, et l'on voyait sa hideuse langue noire qui me répugnait horriblement.

– Tu les gâtes trop, Arthur, protestait maman, ce ne sont pas des princesses...

– Rien n'est trop beau pour mes nièces, proclamait le tonton – Ah ! mais c'est qu'il les adorait, ses nièces –, et je pense à vous tout le temps, mes chéries, où que je sois ! Tenez : chaque fois qu'il voit quelque chose de joli, qu'est-ce qu'il se dit, oncle Arthur ? il se dit : c'est pour mes chéries...

Et grand-maman était tout émue et s'essuyait les yeux. Marthe aussi, d'ailleurs.

Car elle était là, c'est vrai, Marthe. Qui admirait de tous ses yeux. En fait, elle était toujours là, elle avait toujours été là, elle faisait partie des meubles, n'était-elle pas arrivée dans la famille toute jeunette, dix-huit ans à peine, en qualité de petite bonne ? Elle devait bien avoir la cinquantaine alors, et bien qu'elle fût toujours la bonne, elle n'en avait pas moins son mot à dire dans les discussions. Je n'ai pas de souvenir de Marthe avant Beauregard, mais c'est logique : j'étais trop petite, et puis mes parents, Arabel et moi, avions vécu à l'étranger pendant une assez longue période. Mais là, à Beauregard, je la vois : haute et mince, très droite. Belle, me semble-t-il. Un peu sèche.

Nous sommes dans l'immense cuisine. Marthe porte un tablier de toile grise, à bavette et volant froncé. De la main droite, elle fait un geste brusque et attrape, au vol, une mouche, tandis que de la gauche elle soulève le couvercle d'une grande marmite. Et hop ! elle jette la mouche dans le contenu qui mitonne. « Pan ! dit-elle d'un ton vengeur, dans la soupe au chien ! » et elle repose le couvercle. Je ris, elle aussi. Je l'admire de savoir ainsi attraper les mouches. J'éprouve aussi une légère nausée.

Et puis aussi je la vois, accourant du fond d'une avenue sans fin ombragée de grands arbres qui forment un tunnel. Elle est un peu échevelée, son tablier – blanc, cette fois – flotte au vent de sa galopade. C'est dimanche matin et je me suis sauvée. On a dit que j'avais voulu aller à la rencontre de grand-papa descendu acheter son journal au kiosque de la gare, mais est-ce exact ? Peut-être n'avais-je fait que me laisser mener par les petits sentiers de la colline ? Bref, je suis là sur le petit pont enjambant la rivière, presque en ville déjà, et voilà que je ne sais plus du tout de quel côté me diriger maintenant, ni pour continuer, ni pour rentrer... Mais je vois Marthe accourir et je suis bien contente. Sans un mot, elle me prend par la main, et en silence nous refaisons tout le long chemin que j'ai parcouru. Elle ne me porte pas, et je n'ose lui demander de le faire, bien que je sois fatiguée. Lorsque nous arrivons devant le grand portail aux pointes dorées, brusquement elle me baisse ma culotte et me fesse, toujours sans mot dire. Je ne pleure pas. – C'est vrai qu'à ce moment-là déjà, rien ne me faisait pleurer...

– Je l'ai déjà fessée, dit Marthe sobrement en me remettant aux mains de grand-mère.

Et je comprends que dans son esprit, cette fessée silencieuse, raisonnablement mesurée, est destinée à m'en éviter une autre, plus énergique peut-être. Et tout à coup, je sens que j'aime beaucoup Marthe.

Pourquoi cette journée est-elle restée dans ma mémoire, alors que tant d'autres, sans doute plus importantes, se sont effacées ? Vivons-nous vraiment les instants que nous oublions ? Réduite aux seuls moments restés marqués, notre vie alors paraît si dérisoirement courte...

Je sais aussi que ce même dimanche, tante Camille et oncle Félix sont venus en visite. Cela explique d'ailleurs que j'aie pu m'échapper : toute maisonnée n'a-t-elle pas toujours été sens dessus dessous dès que s'annonçait tante Camille ? Elle aussi gravitait dans un monde qui nous paraissait féerique : n'était-elle pas « première » dans la maison de mode la plus huppée de la capitale, ce dont témoignaient ses toilettes étourdissantes, ses parfums, les colorations étranges de ses cheveux coiffés « à la garçonne » de main de maître ?

Belle, tante Camille. Superbe créature. Chaque fois que je regarde ses portraits, j'en ai le souffle coupé. Et puis, il se dégageait d'elle une autorité indiscutable et indiscutée, qui nous faisait la respecter et la craindre un peu.

Oncle Félix, qui était fondé de pouvoirs dans l'une des banques les plus prestigieuses, n'était pas mal non plus, d'ailleurs, mais on avait l'impression qu'il se bornait à suivre le sillage de son épouse, et qu'une existence plus modeste lui aurait peut-être mieux plu.

Parmi toutes ces vieilles photos devant lesquelles souvent je rêve, il en est une qui me fait toujours rire tellement elle est « d'époque », au point qu'on jurerait quelque reconstitution ultérieure soigneusement mise au point : Tantine a pris place dans l'une des fameuses maisonnettes d'osier, elle a l'élégance longiligne des mannequins de Poiret, le chapeau cloche arrêté au ras des sourcils, le long sautoir de perles, les jambes fines bien serrées et disposées en oblique, les escarpins à talons bobine. A ses pieds, on a déposé un hortensia en pot. A sa gauche se tient grand-père, très droit, la redingote barrée par la chaîne de montre, la moustache neigeuse aux pointes effilées lui entrant presque dans l'œil, ses longs favoris blancs lui mangeant les joues, le canotier de paille bien d'aplomb. A sa droite, oncle Félix, les cheveux passés à la gomina où la raie au milieu trace une ligne pâle, exhibe la veste pincée à la taille, la fleur à la boutonnière, les knickerbockers et les bas à losanges du parfait gentleman en partie de campagne. Il y a aussi Prinz, le terre-neuve, assis sur son derrière.

Arthur, ce jour-là, fait défaut. Ou peut-être est-ce lui qui a réglé la scène ? elle est parfaitement dans ses cordes. Et qui d'autre que lui maniait, à cette époque, le kodak ?

Il y a encore un autre souvenir, insolite celui-là, de ma vie à Beauregard. En fait, lors de mes séjours chez mes grand-parents, dormais-je toujours dans le lit de Marthe ? je ne saurais le dire. Pourtant, cela doit avoir été assez habituel puisque me monte encore aux narines l'odeur qui régnait dans cette petite chambre mansardée, tapissée de rayures bleues et blanches : un mélange de foin – non, de paille plutôt, et de... de bière ? de sueur ? ou des deux ? Et aussi de bois surchauffé. La chambre devait se trouver dans les combles.

Sans doute y avait-il, dans cette mansarde, d'autres meubles que l'immense lit d'acajou ? je ne me souviens que d'une table de toilette au dessus de marbre, avec sa cuvette, son pot à eau et sa savonnière, tous trois décorés de hérons peints et de roseaux. Et, suspendu au mur dans un filet rouge, il y avait l'œuf d'autruche au luisant crémeux, surplombant un guéridon rond orné de napperons festonnés, réceptacle de photos, de bougeoirs que Marthe allumait quand elle faisait, à genoux sur le plancher nu, sa prière. Elle levait alors vers l'œuf des yeux implorants, comme s'adressant à lui. Il y avait aussi sur ce guéridon, cela me revient maintenant, un très long, très mince et très bizarre flacon de verre bleu, carré, pas plus épais qu'un doigt mais étiré comme une aiguille à tricoter, avec un bouchon d'argent. La fiole était vide mais quand on l'ouvrait, il s'en dégageait un remugle étrange qui me faisait peur, mi-répugnant mi-exquis, qui se mêlait alors à l'odeur de la chambre et la faisait comme trancher. « C'était un parfum chinois... » chuchotait Marthe sur un ton de mystère. Certaine alors que si l'on n'y prenait garde, le djinn qui devait y vivre enfermé finirait bien par s'échapper du flacon, je la pressais de vite revisser le bouchon.

Ce soir-là, on frappa à la porte et grand-père entra en disant « Coucou ! ». Il était en chemise de nuit blanche, bouffante, s'arrêtant à mi-mollets, avec autour du col et des poignets un picot bleu bleuet, et un plastron finement plissé. Il m'a chatouillée un peu en murmurant « Mon petit loulou, mon petit loulou... » comme il avait coutume de le faire. Il sentait l'eau de cologne. Et puis il a embrassé Marthe, qui était assise dans le lit à côté de moi, adossée à ses oreillers. Elle, il ne l'a pas chatouillée, il l'a simplement baisée sur les lèvres. Ça m'a bien un peu étonnée parce que nous autres, chez mes parents, on s'embrassait toujours sur les joues, ou alors sur le bout du nez, pour rire. Et puis il lui a chuchoté quelque chose à l'oreille, et Marthe a souri, de son sourire secret, si rare. Il est parti en disant « A demain ! » et en faisant un petit signe de sa main où brillait une grosse chevalière en or où était gravé un lion.

Au bout d'un moment, Marthe m'a demandé si je dormais et j'ai répondu que non.

– Mais qu'est-ce que tu as ? a-t-elle questionné, un peu agacée. C'est pourtant tard, déjà ...

– Mais tu ne m'as pas raconté d'histoire... ai-je protesté.

– C'est vrai, a-t-elle admis. Laquelle veux-tu ?

– *Hansel et Gretel*, ai-je choisi, misant sur la longueur du conte pour prolonger la veillée.

– D'accord, a-t-elle acquiescé. Mais avant, je vais vite descendre boire un verre d'eau, j'ai une de ces soifs... Attends-moi, je reviens tout de suite.

Se levant, elle a enfilé son peignoir et s'est dirigée vers la porte. Après je ne sais plus, j'ai dû m'endormir avant même qu'elle soit sortie.

C'est bizarre : au cours des années qui suivent, il me semble que je me souvienne davantage de Marthe que de grand-mère. Cela me contrarie, parce que grand-mère est devenue pour moi quasi-mythique et que j'aimerais la parer de tous les charmes, de toutes les vertus. Depuis que toutes deux sont mortes, n'est-ce pas à grand-mère que maintenant je parle quand j'ai des problèmes, plutôt qu'à ma propre mère ? Quant à Marthe, je dois faire un effort pour y penser parfois.

Il me semble maintenant que grand-mère possédait la science infuse, qu'elle savait répondre à toutes les questions, faire le point de toutes les situations. Peut-être sa seule discrétion lui vaut-elle cette couronne de sagesse que je lui tresse ? S'exprimant rarement, elle n'a pas mis à son passif ces jugements sommaires, ces prédictions démenties par les faits, ces contre-vérités dont abusait le reste de ma parentèle... Je dois bien reconnaître que, de son vivant, je ne lui parlais pas tellement... Si, quand même : un jour, j'avais huit ans, je rentrais de l'école avec un garçon qui me tenait par la main, il était blond et tout frisé comme un nègre blanc, il s'appelait André et m'avait fait cadeau d'un petit échantillon de parfum, ce qui faisait qu'il était mon bon ami officiel. Nous avons inopinément rencontré grand-mère qui rentrait du marché. C'était longtemps après que Beauregard ait dû être vendu. Nous avons dit au revoir à André, grand-mère à son tour m'a prise par la main et ramenée à la maison. Devant le seuil, elle m'a demandé, simplement pour dire quelque chose : « Tu l'aimes bien, André ? » et j'ai dit oui. Elle m'a levé le menton d'un doigt, m'a souri et m'a déclaré : « Je n'en parlerai pas ! ».

C'est à cause de cette petite promesse, que je ne lui avais pas demandée et qu'elle a tenue, que quelques années plus tard, c'est à elle qu'un jour j'ai confié, parce que ce m'était pénible de n'avoir personne à qui ouvrir en toute confiance mon cœur : « Tu sais, il y a un garçon, il ressemble à une chèvre, pourtant je crois que je l'aime bien... ». Elle a ri doucement, et puis elle a murmuré, comme pour elle-même : « Oui... c'est comme ça quand on aime, on ne sait pas très bien pourquoi... ».

Mais Marthe, elle, faisait montre de qualités autrement pratiques : elle savait cuisiner de drôles de pommes farcies de viande, et de déconcertants pruneaux à l'aigre-doux ; et aussi fabriquer d'immenses couvre-lits formés d'innombrables carrés de filet avec dessus des roses et des angelots, en coton écru. C'était elle qui me tricotait mes chaussettes et mes chandails. Et puis les fleurs, c'était aussi elle. Elle avait les doigts verts : tout ce qu'elle semait, tout ce qu'elle plantait réussissait. Elle cultivait des fleurs extraordinaires que je n'ai jamais revues depuis. J'en ai bien parfois trouvé des semences chez les grainetiers spécialisés, parvenant à faire fleurir des salpiglossis, ces cornets de velours mordoré violets, marron sombre ou beige rosé ; des delphiniums Zalil, jaune citron. En revanche, le pavot bleu de l'Himalaya non, jamais il ne m'a fait la faveur de fleurir mes parterres. Devrai-je aller jusqu'au Bhoutan, où il forme dit-on des prairies d'azur, pour le revoir ?

C'était donc Marthe qui m'élaborait de somptueux bouquets, des gerbes inimitables, pour mon institutrice vénérée. Elle y mêlait des herbes à parfum, citronnelle, verveine, hysope. Quand je me rendais, ainsi fleurie, à l'école, les passants ébahis suivaient de l'œil ce monticule de corolles qui paraissait cheminer tout seul, tant j'étais menue là-dessous, et qu'escortaient les abeilles. L'une d'elles d'ailleurs s'étant introduite un jour dans mon col et m'ayant piquée, j'étais arrivée à l'école toute paniquée. Mais la maîtresse m'ayant demandé de lui dire le nom de ces fleurs peu communes, son étonnement à m'entendre les nommer toutes sans la moindre hésitation (et parfois en latin !) m'avait payée de ma douleur.

En ce temps-là, les apparitions-éclair d'Arthur s'étaient faites plus rares. Nous avions grandi, Arabel et moi, mais il s'évertuait toujours à nous séduire, Arabel surtout, plus âgée et presque une jeune fille. Oncle Arthur avait entrepris de lui apprendre à danser. C'était la fois où il apporta le grammophone et de grands disques de cire, *La Paloma, Le Chaland qui passe, J'ai deux amours...* Un jour, les disques n'avaient plus suffi : il était temps qu'Arabel se mette au tango, il fallait de l'espace pour répéter « les figures ». Aussi, étant allé l'attendre à la sortie de classe, Arthur l'invita-t-il à la Crémerie où se tenait tous les après-midis un thé dansant. Quand nos parents l'apprirent, on frôla le drame et la maison de correction se profila à l'horizon... mais Arthur, lui, avait déjà disparu.

Une autre fois, de retour après plus d'une année d'absence, il annonça s'être marié. Il jonglait avec les photos. On y pouvait voir, sur une plage, une longue jeune femme en maillot de bain, votre tante Paule, mes chéries, et à côté d'elle, jouant dans le sable, un gros bébé joufflu tout bouclé, le petit Raoul, mes chéries, votre petit cousin. Et les grands-parents fondaient. Mais au jeune ménage, il fallait maintenant une villa, Paule n'exigeait rien certes, mais elle était néanmoins de noble famille, accoutumée au luxe, il ne pouvait lui imposer plus longtemps la médiocrité du petit appartement dans lequel elle s'étiolait... Et voyez, mes chéries, comme elle porte bien la toilette : cette longue robe de satin, qu'elle revêt le soir, est bleue, bleu nuit...

En repartant, oncle Arthur avait paraît-il en poche, cette fois-là, de quoi loger décemment cette bru si belle, ce petit-fils si mignon dont on attendait impatiemment la visite promise.

Nous n'avons jamais fait la connaissance de notre tante Paule, ni de notre petit cousin Raoul, et pour cause : rentrant d'un voyage d'affaires, papa fut admis, à son tour, à contempler les photos, et s'exclama :

– Ma parole... mais c'est Lucienne Boyer, la chanteuse... Vous n'allez pas me dire que vous ne l'avez pas reconnue ?

Grand-papa a ouvert des yeux tout ronds. Non, il ne savait pas qui était Lucienne Boyer, il n'avait pas la radio, lui... Quant à grand-mère et à Marthe, pour elles, la chanson se bornait à ce *Lueget vo Berg und Tal* qu'elles chantaient en duo en faisant la vaisselle, pour se remémorer leur canton d'origine.

Déjà, Marthe avait compris : enfouissant sa tête dans son tablier elle s'était mise à renifler.

– Enfin, continua papa impitoyable, vous avez quand même bien dû remarquer déjà cette photo, elle est dans tous les kiosques... Chiche que je vous la dégote en dix minutes...

Et en effet, le tablier de Marthe était à peine humecté que déjà il était de retour, brandissant la jumelle de la Dame en bleu.

– Quant à la baigneuse, a-t-il conclu, je vous parie que c'est n'importe quelle inconnue photographiée à son insu sur la première plage venue...

Un premier hoquet de Marthe l'a interrompu.

Je n'ai jamais entendu personne pleurer comme Marthe : elle produisait de grands hoquets rauques qu'on entendait de la cave au grenier. Mais ce n'était point tant leur vigueur qui déconcertait que leur modulation étrange. Elle se créait, pour hoqueter, une voix spéciale qui n'avait plus rien d'humain mais paraissait sortir de quelque instrument inventé tout exprès pour ponctuer des scènes de carnage, des funérailles d'opéra. Et puis aussi ses larmes... Mais pouvait-on encore parler de larmes ? c'était une cataracte, un geyser qui jaillissait d'elle à gros bouillons, trempant en moins de temps qu'il faut pour le dire son corsage, son tablier, allant même jusqu'à former autour d'elle une sorte de buée. Quand Marthe pleurait, non seulement on ne s'entendait plus mais toute la pièce était inondée.

C'est ainsi qu'elle a pleuré depuis le jour où grand-père est mort jusqu'à celui où on l'a enseveli. C'est-à-dire pendant trois jours et deux nuits, sans discontinuer. Et passe encore l'eau, mais le vacarme... Je n'osais pas le dire, mais il me semblait qu'on aurait dû enfermer Marthe au poulailler, au moins on aurait pu dormir...

Heureusement, tante Valentine est arrivée. Elle s'est campée devant Marthe, ordonnant fermement :

– Toi, maintenant, tu te tais !

Et Marthe s'est tue.

Tante Valentine était notre tante aînée, nous ne la connaissions guère parce qu'elle vivait en Alsace. Elle raffolait de tout ce qui touchait aux décès, aux funérailles. Elle était née pour exercer la profession de pleureuse, c'est-à-dire que, bien que ne versant jamais une larme, elle connaissait à fond la tenue, la gestuelle et les accessoires de l'emploi. Je ne m'en souviens que couverte de la tête aux pieds de crêpe noir très épais dissimulant ses traits et la forme de son corps, et portant une sempiternelle couronne de perles blanches et violettes. Et aussi une petite truelle, à la Toussaint, pour retourner la terre des tombes.

Quand on a emporté le cercueil de grand-père, tante Valentine s'est dressée toute noire dans ses voiles, a tendu un bras parfaitement raide qui l'a apparentée à la statue de la Liberté mais, la torche lui manquant, elle s'est contentée de pointer son index vers le ciel, comme pour indiquer au défunt la route à suivre, en s'écriant d'une voix sépulcrale : « Tu t'en vas, papa, tu t'en vâ-âs... ». Tout le monde a fondu en larmes, sauf Arabel et moi qui avons été prises de fou rire – et pourtant Dieu sait si nous aimions grand-père et si nous étions désolées, mais « c'était nerveux » nous a-t-on dit par la suite – et Marthe qui s'est mise à rugir en cherchant à se précipiter sur la bière. Mais grand-mère, imperturbable, l'a saisie au poignet et clouée sur place, et c'était bien inattendu, cette petite bonne femme de rien du tout qui, sans effort apparent, parvenait calmement à maintenir cette furie...

Contrairement à ce qui aurait été normal, oncle Arthur, ce jour-là, n'était pas parmi nous. Je ne sais plus : ou bien il était en fuite, ou bien il était en prison. Je penche pour la fuite car il me semble qu'on permet aux prisonniers d'assister aux funérailles de leurs proches. Il faut dire qu'à désintéresser les créanciers de son fils, grand-père avait vu fondre sa fortune. Le jour était finalement arrivé où Arthur avait bel et bien dû « payer de sa personne ». Et l'on chuchotait que cela aussi – la honte – avait tué grand-père.

La honte, moi aussi je l'avais connue. A ma mesure. Un jour que je m'amusais dans un jardin public, une grande fille m'avait lancé :

– Moi, si j'avais comme toi un oncle voleur, je me cacherais...

Ainsi donc, oncle Arthur était un voleur...

Cela remettait en question toutes mes notions acquises : les voleurs, ça vous portait un petit maillot noir et blanc rayé horizontalement, une casquette apache, un foulard rouge autour du cour, un pantalon noir patte d'éléphant et des espadrilles. A la main, les voleurs tenaient une lampe de poche et des outils. Plus un grand sac passé à l'épaule et destiné à recevoir leurs larcins. Jamais oncle Arthur n'avait paru dans un tel accoutrement.

– Non, m'avait expliqué papa. Ça, ce sont les cambrioleurs. Oncle Arthur, lui, est un escroc.

– C'est quoi, un escroc ?

– C'est quelqu'un qui raconte aux gens des mensonges, afin d'en obtenir de l'argent. Par exemple tu achètes des oranges au magasin et tu les offres à un de tes amis en disant qu'elles proviennent d'une orangeraie que tu possèdes en Sicile ; la vente de ces oranges te rapporte chaque année une fortune, mais tu veux bien lui vendre ton verger parce que tu n'as pas le temps de t'en occuper. Ton ami t'achète ta plantation et tu t'en vas bien loin avec l'argent. Un jour, ton ami va voir en Sicile si les oranges sont mûres, et il apprend que l'orangeraie n'existe pas. Ou bien encore, tu dis à une dame que tu veux te marier avec elle, mais que malheureusement ta maman est malade à l'hôpital, tu dois payer les médecins, les médicaments, tout ça, alors tu n'as pas assez d'argent pour, en même temps, acheter des meubles pour que vous puissiez vous marier et vous installer. Alors la dame, qui a très envie que tu l'épouses, te donne de l'argent pour les meubles, mais toi tu t'achètes une automobile et tu files à l'étranger sans dire au revoir à la dame. Bien sûr elle se fâche, elle va se plaindre à la police et si on arrive à t'arrêter, on te met en prison.

– C'est ça qu'il a fait, oncle Arthur ?

– Ça, et puis d'autres choses du même genre. Pendant longtemps, ton grand-papa a rendu l'argent avant que la police s'en mêle, mais un jour il n'en a plus eu. Depuis, oncle Arthur va de temps en temps en prison.

J'ai retourné tout cela dans ma tête pendant des semaines. Et puis un jour, j'ai demandé à papa :

– Oncle Arthur, pourquoi est-ce qu'il n'a pas loué une grande salle ? Il aurait posé des affiches où il aurait écrit « VENEZ TOUS M'ECOUTER, je raconte de belles histoires ». Les gens auraient payé leur place, tonton aurait eu assez d'argent pour s'acheter son auto, et les gens seraient retournés chez eux contents.

– Pour ça, il aurait fallu que ton oncle soit acteur.

– Ben oui, c'est la même chose : les acteurs, eux aussi font comme s'ils étaient quelqu'un d'autre, eux aussi racontent des histoires pas vraies. Pourtant, on ne les met pas en prison...

– C'est un point de vue, a dit papa rêveur.

– Pourquoi est-ce qu'oncle Arthur ne s'est pas fait acteur ?

– Eh oui, pourquoi ?...

– Il pourrait encore essayer ?

– Je crois que c'est trop tard, mon poussin... a conclu tristement papa en me caressant la tête. Allez, n'y pense pas trop...

Je n'y pensais, au fond, pas tellement. Pourtant, je n'arrivais pas à comprendre pourquoi les gens – et aussi mes grands-parents – croyaient toujours que les histoires d'Arthur étaient vraies, alors qu'ils tenaient les contes – *Barbe-bleue, La Belle au Bois dormant* – pour des inventions. Moi, j'avais depuis toujours mis les deux choses sur le même pied. Et j'étais bien placée pour savoir qu'oncle Arthur inventait puisque, moi aussi, je le faisais parfois, quand les faits réels n'étaient pas assez intéressants.

Ainsi, cette course d'école, ma première course d'école, qui m'avait tant déçue parce qu'on nous avait tout simplement menés nous promener jusqu'à une prairie où nous avions pique-niqué et fait des rondes, pour nous faire ensuite rentrer à la maison par le petit train rouge que j'avais déjà pris bien d'autres fois. Ça, une course d'école ?

J'avais donc raconté, au retour, comment nous avions escaladé d'immenses rochers dont nous avions failli tomber, et tout en bas on distinguait une rivière toute petite tellement c'était profond et obscur, et au sommet on voyait de minuscules maisons haut perchées. Et puis ces grottes, mystérieuses, avec des petites lumières qui brillaient au fond, peut-être des loups ? Incrédule, papa avait téléphoné à l'institutrice, bien décidé à lui faire des reproches si vraiment elle avait lancé des enfants aussi jeunes dans une si périlleuse aventure... J'avais alors tenté d'expliquer que je n'avais jamais imaginé être vraiment crue, que j'avais envie de raconter une vraie course d'école, rien n'y avait fait.

– Ciel ! avait gémi maman, on dirait l'Autre...

Et tout en pleurant, elle m'avait fourrée au lit sans souper. Quand Arabel, à son tour, était rentrée de sa course, maman, me désignant du doigt depuis le seuil de la chambre, lui avait dit, accablée : « Regarde : voilà une petite menteuse ! » et je m'étais mise, alors seulement, à pleurer parce que ce n'était pas vrai, je n'étais pas une menteuse.

L'Autre, lui, a toujours su que je ne le croyais pas. C'est pourquoi les romans dont il m'a régalée – même lorsque je fus devenue adulte – ont toujours été gratuits, je veux dire qu'il parlait pour notre plaisir commun, et non pour m'extorquer quoi que ce soit. Parfois seulement, il s'interrompait brusquement :

– Mais ne me regarde donc pas ainsi, bon sang ! s'exclamait-il comme en colère. Et il me posait sa main sur les yeux.

Au bout d'un moment, nous nous mettions à rire tous les deux, et il reprenait son récit.

Peut-être est-ce dans ces moments-là que j'ai compris le sens du mot « connivence » ?

Ou peut-être Arthur mettait-il au point son prochain scénario, me prenant pour premier public et lisant dans mes yeux trop clairs à quel instant ses inventions devenaient par trop rocambolesques ?

Quoi qu'il en soit, la crainte est le commencement de la sagesse, disent les Ecritures. Je n'avais pas envie, chaque fois que « je brodais » (comme disait papa), de me retrouver dans mon lit le ventre creux. Aussi, quand montait en moi le besoin d'enjoliver la réalité, prenais-je bien soin d'avertir. « Je peux raconter une histoire ? » questionnais-je prudemment. Nantie de l'autorisation, je m'en donnais alors à cœur joie, quitte à rétablir ensuite les faits. C'était très gratifiant : j'y récoltais beaucoup de « Mon Dieu ! cette petite, quelle imagination... ».

Devenue adulte, je n'ai pas eu envie non plus d'aller en prison. Aussi me suis-je mise à écrire des histoires partant de faits qui, pour être réels, n'ont pas correspondu à ce que j'aurais aimé qu'ils soient. J'y mets donc un peu de panache, je les arrange à ma guise, il ne me semble pas, en agissant ainsi, avoir jamais lésé personne...

Serait-ce cette peur de la punition qui aurait manqué à Arthur ? sans doute est-ce vouloir simplifier par trop les choses. Ou encore, confronté avec ces espoirs insensés qu'avaient rassemblés ses parents sur sa seule personne, s'est-il découvert trop chétif, trop démuni pour les accomplir par ses seuls moyens, et a-t-il eu recours, par désespoir, au subterfuge ? Pourquoi, si pareils – j'en ai maintenant la conscience aiguë – avons-nous été pourtant si totalement différents, nos destinées divergeant complètement ?

Mais revenons à nos moutons, aux obsèques de grand-père. Et à Marthe.

« Je lègue à notre fidèle Marthe la somme de six cents francs en reconnaissance de son dévouement » disait le testament.

Six cents francs pour toute une vie, quelle dérision ! Même si l'on admet que l'argent avait alors une valeur bien supérieure à celle d'aujourd'hui. Pourtant, c'était encore une promesse en l'air : il n'y avait plus de liquidités dans la maison, et Arthur avait mangé tout le patrimoine.

Les trois sœurs auront-elles considéré ce legs comme une dette d'honneur ? sans doute, car elles se cotisèrent. Elles auront remis à Marthe l'enveloppe, elles lui auront dit « Maintenant, il te faut t'en aller !... ».

Je la vois encore partir, sa valise à la main, ses larmes transperçant sa voilette... On lui fit suivre quelques meubles. Où s'en est-elle allée ? je n'en sais trop rien, chez un sien frère, je crois.

Parfois, je suis contente que Marthe ait dû partir bien avant que ne meure grand-mère. Parfois au contraire, je me dis que ce fut cruel de séparer ainsi ces deux compagnes de toute une existence. N'avaient-elles pas passé plus de cinquante années sous le même toit, au service du même homme qu'elles aimaient, des mêmes enfants qu'elles avaient élevés ensemble ? Pourtant, quand Marthe eut disparu, il me semble que grand-mère ne la regretta pas, qu'elle parut au contraire comme libérée dès lors, comme plus joyeuse.

Plus tard, grand-mère vint s'installer chez nous. Je ne suis pas sûre qu'elle y ait été heureuse. Nous la considérions tous comme un génie familier de la maison, auquel nul ne prêtait attention si ce n'est peut-être mon père, qui pourtant n'était que son gendre. Il m'arrive de m'en vouloir, j'aurais dû me montrer plus affectueuse. Plus serviable, aussi. Mais c'est que j'avais tant à faire pour ne pas me perdre moi-même, dans notre caravansérail...

N'y avons-nous pas hébergé, tour à tour ou tous à la fois, non seulement grand-mère mais également Arthur, entre deux incarcérations, et aussi tante Camille et oncle Félix, après que leur standing eût baissé : tante Camille, prenant de l'âge – mais toujours aussi belle, aussi élégante, aussi sûre d'elle-même – n'était, semble-t-il, plus à la hauteur. Plus exactement, son patron (auquel l'attachaient des liens autres que professionnels) était mort, et ses fils en reprenant l'affaire avaient, comme première mesure, liquidé cette « éminence grise » encombrante. Oncle Félix lui aussi, atteint dans sa santé, avait perdu sa situation. Ils avaient donc, provisoirement, échoué chez nous.

Tante Camille, il faut en convenir, n'était pas facile à vivre. Mais c'était surtout oncle Félix qui se montrait agressif à longueur de journées. Certes, sa maladie... Et puis, ne rien faire, n'avoir plus rien pour occuper les heures, ne plus être en mesure de subvenir à ses besoins, en être réduit à vivre aux crochets de la parenté de sa femme... Dieu soit loué, il chassait à l'automne, oncle Félix, et puis il pêchait la truite, dans les eaux scintillantes et limpides. En grandes bottes de caoutchouc. Il me faisait admirer ses mouches, ses moulinets qu'il caressait avec des gestes d'amoureux. Et puis il peignait. Des aquarelles, où l'on voyait des scènes de chasse et de pêche, des sous-bois, des berges de rivières. Parfois, il en vendait. Mais toutes les autres, où ont-elles bien pu passer ? Quand je les revois, photographiées dans ma mémoire adolescente, je me dis qu'elles devaient être excellentes, celle surtout où l'on voyait trois colverts s'envolant des roseaux, et l'un doit avoir été touché, il culbute en l'air, quelques plumes tournoient...

Diabétique, oncle Félix s'injectait lui-même sa quotidienne dose d'insuline, chaque soir à dix-sept heures précises. On nous interdisait alors d'entrer dans sa chambre, ou même de rôder aux alentours. De telles précautions faisaient que pour moi, cette opération que j'imaginais – oncle Félix se plantant dans la cuisse une longue aiguille acérée – revêtait un aspect tantôt magique, tantôt obscène, qui me troublait.

Aux obsèques d'oncle Félix, nous étions tous réunis, ce qui signifie qu'elles se déroulèrent durant cette période particulièrement pesante au cours de laquelle nous avons vécu tous ensemble, un peu entassés dans une promiscuité engendrant pas mal de frictions. Tous, c'est-à-dire non, pas Arabel qui, son école terminée, effectuait un stage en Allemagne. Et c'est bien injuste : Arabel et oncle Félix avaient l'un pour l'autre une prédilection, née de leur commun amour de la musique. Et c'est cette absence qui m'a rendue triste – pour elle – ce jour-là.

J'entends encore les éclats de voix indignés de tante Camille, mais ça n'était pas croyable, pour qui la prenait-on ? Pensions-nous vraiment offrir la collation funéraire dans ces verres, ces tasses, ces assiettes dépareillés ? Qu'on demande donc à un restaurateur de nous louer une vaisselle décente !

Et de houspiller le piteux Arthur, qu'il aille donc en ville, et plus vite que ça, lui acheter des boucles d'oreilles noires, mais mates, tu m'entends, saltimbanque ? MATES, le brillant, pour un deuil, est inconvenant.

Mais le sommet restait à atteindre : mis en demeure de percer un trou supplémentaire dans la ceinture neuve – noire, mais mate – de la veuve qui avait encore la taille fine, le maladroit ne s'avisa-t-il pas de s'armer d'un véritable coutelas qui eut tôt fait d'ouvrir dans le cuir une large entaille. Tante Camille choisit alors de piquer une crise de nerfs qui la transforma, sous mes yeux ébahis, en harpie trépignante, à l'instant même où retentissait le coup de sonnette annonçant le premier des affligés.

Stoppant net ses hurlements, la désespérée s'effondra dans le fauteuil de rotin que dès potron-minet elle avait pris soin de placer à la tête du cercueil, à l'ombre du grand palmier en pot de ma mère, déménagé du salon pour la circonstance. De là, parfaite image de la désolation, elle laissa flotter un instant dans l'air une main lasse pareille à quelque mouette blessée, et gémit en direction de maman : « Reçois-les... je n'en ai pas la force... ».

N'aurais-je eu affaire, tout au long de ces années, qu'à des histrions ? ou la cruauté propre à l'enfance et paradoxalement fruit de son innocence, ne m'a-t-elle fait conserver d'eux que ces comportements théâtralement tragiques rendant burlesques les événements les plus navrants ? Parfois je les envie de cette chance qui leur était échue de pouvoir sans confusion laisser éclater ainsi leurs sentiments et leurs humeurs en hurlements, en excès verbaux, en scènes violentes. Parfois aussi je leur en veux parce qu'à force d'assister à leurs débordements, j'ai pris le contre-pied, commençant à formuler ce « CELA ? moi non, jamais... » qui maintenant me paralyse lorsqu'une émotion m'étreint.

Peu après, tante Camille ayant retrouvé une situation emménagea dans une autre ville, n'apparaissant plus qu'en fins de semaines. Oncle Arthur, lui, resta.

Et s'il paraissait s'être assagi, en même temps avait disparu son brillant, son brio, son charme.

(« Ses charmes, rectifiait bien plus tard tante Camille devenue – sans pour autant perdre de sa beauté et de sa morgue – une vieille dame sarcastique. Quand tu parles d'Arthur, use donc du pluriel : n'est-ce pas en les vendant au plus offrant qu'il aura, en définitive, gagné le plus clair de sa vie ? »)

Il portait de minces vêtements défraîchis, reliquat de son abondante garde-robe, un étroit pardessus virant au violâtre, parfois par temps froid une toque de karakul qui ne suffisait pas à ressusciter le prince russe. Devenu chauve, il eut recours pendant quelque temps à une moumoute, dont il savait bien que nous riions sous cape. Il paraissait toujours avoir froid, marchant d'un petit pas pressé, un peu penché en avant, les mains frileusement retenant ses revers fermés, les épaules remontées. Et toujours ce pâle visage d'adolescent, un peu plus fripé.

Mon père s'étant entremis pour qu'on lui confie un poste de comptable dans une entreprise de la place, il finit par louer un studio en ville, venant seulement manger à la maison, ponctuellement, chaque midi, chaque soir. C'est chez nous que la police vint le chercher pour un nouveau procès, un nouveau séjour au pénitencier : il ne s'était en fait jamais présenté à son lieu de travail, utilisant son temps à séduire une veuve dont il avait grignoté les économies.

Je me souviens qu'à cette époque-là, grand-mère si calme, si discrète, grand-mère qui pour elle-même se contentait de si peu, à son tour s'était mise à faire de temps à autre des scènes, suppliant et menaçant d'affilée, c'est tout juste si elle ne se traînait pas aux genoux de mon père. Qu'on lui donne de l'argent, pas beaucoup, un tout petit peu, pour envoyer à son petit qui, là-bas, manquait de tout...

Un jour, elle avait pris à parti tante Camille qui passait par là et qui, excédée, s'était écriée :

– Mais ça n'est pas possible, tu es complètement folle, maman ! Si encore c'était ton...

S'avisant de ma présence, elle s'était interrompue net, se fermant elle-même la bouche de la main.

– Je veux dire, avait-elle hâtivement corrigé, si encore ç'avait été un bon fils...

– Qu'est-ce qu'elle a dit, tante Camille ? avais-je questionné une fois le calme revenu.

– Rien, m'avait-on répondu, elle était énervée. Et puis, de quoi tu te mêles, toi ?

Maintenant, Arthur est mort. Depuis quelques années déjà. Finalement il s'était, semble-t-il, amendé, le diable ne finit-il pas toujours par se faire ermite ? Il a gagné modestement sa vie, dans un bureau quelconque, et puis il est mort. Il avait bien tenté auparavant, à plusieurs reprises, de reprendre contact avec moi mais j'avais fait la sourde oreille, non sans de lancinants remords. Mais n'avait-il pas fait le tour de la famille, soulageant tante Valentine des petits sous qu'elle cachait candidement sous son matelas, et d'un vieux réveil ? empruntant à Arabel des montants dérisoires sous des prétextes rocambolesques qui, présentés par lui, devenaient crédibles ? Tout cela était tellement affligeant, ne lui rapportant rien qui lui fût nécessaire, on eût dit d'un automate programmé pour duper. Ou d'un vieil illusionniste voulant se prouver qu'il n'avait pas perdu la main.

Je m'étais juré que moi, il ne « m'aurait pas ». Mais au fond, tout au fond, il y a autre chose que j'ai peine à tirer au clair. « Ne plisse donc pas ainsi ton nez, tu ressembles à l'Autre... ». Point n'était besoin de me mettre en garde : je sais, j'ai toujours su qu'il y avait, entre Arthur et moi, ressemblance, mais aussi connivence. Ce que je n'aurais pas supporté, ce n'aurait pas été d'être sa dupe, mais bien qu'il décidât de me duper. La nuance paraît mince, pourtant elle est d'importance. Si je lui avais donné l'occasion de le faire, dans un sens ce serait moi qui l'aurais trahi.

Maintenant qu'Arthur est mort, je suis heureuse de l'avoir empêché d'attenter à notre parenté, à notre similitude, à notre complicité.

Souvent je ressors LA photo.

On y voit Marthe, c'est encore une jeune femme, telle que je ne l'ai pas connue. Elle porte une robe sombre à haut col baleiné et un tablier blanc à bavette et à ruches. Elle a cette même coiffure que je lui ai toujours vue : les cheveux relevés s'arrondissant tout autour de la tête pour aller former ce chignon plat qui la couronne. Sur ses genoux, elle tient la tante-bébé qui est morte en bas âge. Elle aussi porte une robe foncée, la petite Henriette, on voit dépasser entre les plis de l'étoffe ses minuscules bottines haut lacées. Sur la tête, elle a un fanchon. A droite se tient ma mère qui peut être âgée d'une douzaine d'années, elle a des cheveux plats et foncés tombant sur les épaules et un gros nœud écossais piqué sur l'oreille. Elle est rigide comme un bâton, laissant pendre au bout de son bras une petite poupée qu'on lui a imposée sans doute et dont elle ne semble pas se soucier beaucoup.

Ce garçonnet debout de l'autre côté de Marthe, c'est Arthur, vêtu d'une chemise blanche bouffant sous un petit gilet. Au cou, on lui a passé un large ruban qui s'étale en deux grosses coques.

Je scrute les visages : celui d'Henriette est tout rond et

plein de fossettes, ses yeux un peu bridés se perdent dans les plis de son sourire, elle a des sourcils foncés. Ma mère a déjà ses pommettes hautes et ses yeux obliques de chat qui l'ont tellement fait ressembler à grand-mère, en dépit de leurs caractères différents.

Mais les visages de Marthe et d'Arthur, rapprochés, sont identiques, on pourrait les superposer : même nez mince et droit, mêmes sourcils fins, parfaitement horizontaux, mêmes orbites profondes à la paupière tombante, même teint d'ivoire. Mais cet air surtout, cette sorte de détachement hautain, ce pli désabusé au coin de la lèvre mince, et ce regard pareil traduisant l'arrogance certes, mais aussi une sorte de lassitude excédée. Je pense soudain à la Cour d'Espagne...

Alors je gamberge... « Si encore c'était ton... » avait commencé tante Camille.

J'essaye d'imaginer grand-mère bourrelée du remords de n'avoir donné à son terrible John que des filles, au point d'accepter dans son nid cet œuf de coucou. Grand-mère finissant par préférer l'Autre à ses propres filles... Et puis je pense à Marthe se taisant toute une vie.

Et puis soudain je me dis : « Et les voisins ?... ».

S'insurge alors ma raison, arguant que ce n'est pas possible, pas pensable, une telle substitution de mère...

J'imagine néanmoins les deux femmes partant ensemble pour quelque village lointain, quelque station de cure, l'une corsetée à mort pour dissimuler sa grossesse, l'autre au contraire ayant caché des coussins sous ses jupons. Ou encore échangeant leurs papiers d'identité et c'est Marthe qui est Madame, et grand-mère la bonne. Auront-elles dû soudoyer l'officier d'état civil, ou se seront-elles montrées si rusées que personne n'aura éventé le subterfuge ?

– Cesse ! me goumandé-je. Cesse immédiatement ! De quoi te mêles-tu, aujourd'hui encore ? Elles se sont tues, laisse-les en paix ! Et puis après tout, quelle importance ? puisque c'est de grand-père, en définitive, que vous en avez hérité, de votre commun plissement de nez !...

Et je remets la photo dans le carton. Jusqu'à la prochaine fois.

L'Aiglon

– Hou ! là ... murmura la vieille Mme Besson tout en secouant une fois encore le petit cornet au-dessus du pot. Hou ! là ... je l'ai échappé belle !...

Du doigt, elle tapota le sachet. En vain : il était manifestement vide. L'ayant jeté dans la corbeille à papier, fébrilement elle entreprit de fouetter l'eau, dans le pot, évaluant la teinte qui s'intensifiait. Bon, ça pourrait aller. N'empêche, il s'en était fallu d'un rien qu'elle ne pût procéder au dernier rinçage, l'indispensable.

Au vol, vite elle nota sur le calepin suspendu au-dessus du radiateur : « Bleu de lessive ». Sa mémoire lui jouait tant de tours, il lui fallait tout inscrire sous peine de se retrouver dans les magasins, son cabas à la main et ne sachant plus ce qu'elle était venue acheter...

Elles devenaient introuvables, ces petites boules d'indigo, tout se modernisait et c'était tant mieux, sans doute. Quoique... Ils pouvaient bien fabriquer maintenant toutes sortes de nouvelles poudres et crier au miracle en y mélangeant des grains de toutes les couleurs de l'arc-en-ciel, le linge n'en ressortait pas moins de l'automate tout grisâtre, rêche et raide...

Prenant appui sur le bord de la baignoire, elle s'agenouilla et, tenant d'une main le pot au-dessus de sa tête, méticuleusement rinça une dernière fois ses cheveux, ramenant de l'autre main ses mèches sous l'ondée azurée. Tout en essorant sa chevelure entre ses doigts, à nouveau elle s'étonna de la misérable queue de rat qu'elle obtenait et qui, à chaque lavage, la décevait davantage, elle qui avait autrefois presque dû composer avec cette toison sur laquelle, quand elle la laissait crouler, elle pouvait s'asseoir... Etrange... Pourquoi les cheveux s'étiolent-ils avec l'âge, alors que l'exquis duvet ombrant, tel la pruine, la joue des jeunes filles, se mue au fil des ans en de durs poils à profusion ? Un de ces jours, la Petite refuserait de l'embrasser. « Mais tu ne chatouilles plus, grand-mère, protesterait-elle, maintenant tu piques ! ».

Tout en soupirant, Mme Besson péniblement se releva et, attrapant une serviette dont elle s'essuya d'abord le visage, en un tournemain s'en fit un turban noué lâche. S'apercevant dans le miroir, elle eut un rire muet : un vieux derviche flétri, oui, voilà l'image que lui renvoyait la glace...

Sa montre que, par mesure de précaution, elle avait déposée sur la tablette du lavabo – et ça n'était pas une de ces « swatch » étanches et interchangeables, non, mais bien toujours sa petite montre en or, au boîtier si finement gravé, que Louis lui avait offerte pour ses cinquante ans, il y avait si longtemps... – sa montre lui confirma qu'elle était dans les temps. En avance, même, tant elle s'était hâtée en lavant la vaisselle, en remettant la cuisine en ordre. Miraculeux, comme la besogne vous glisse entre les doigts quand on a la fête en tête !...

Elle aurait largement le temps de donner un coup de fer à sa jupe de faille. Combien d'années qu'elle ne l'avait pas portée ? bien cinq ans... Et si elle avait par trop maigri ? Bah ! elle y mettrait une épingle, sous son châle, personne ne remarquerait le pli. En admettant que quelqu'un la regarde...

Il y aurait foule, sûrement, un tel événement ! Mme Besson sentait monter en elle une anxiété assortie de jubilation, comme autrefois quand elle se préparait à aller au bal. Certes, les raisons d'être anxieuse étaient à l'opposé de celles d'alors, quand il importait d'être belle, belle de la tête aux pieds, et proclamée telle, alors qu'aujourd'hui, il fallait parvenir à passer inaperçue.

Saurait-elle encore se comporter au milieu d'une foule ? Ne serait-elle pas saisie de panique, d'une peur de se noyer ? Pourtant parallèlement s'installait ce désir étrange, cette sorte de faim soudaine de côtoyer, de toucher d'autres êtres, d'être intégrée à la chaleur collective. De mettre un terme, pour quelques heures, à cet isolement physique qui est le lot des vieillards que plus personne ne caresse, le long desquels plus personne jamais ne s'étend. De cette solitude-là, il lui arrivait, à Mme Besson, de trembler – non pas à l'intérieur d'elle-même comme on le fait quand vous submerge la solitude du cœur, mais de tout son corps. D'en trembler comme tremble la feuille livrée au vent glacial. Seule la nuit dans son lit devenu trop grand. Mais seule aussi, et surtout, le jour, parce qu'il faut alors veiller à n'imposer à personne le contact de sa peau parcheminée, ou cette grise odeur de vieillesse rappelant la poussière, les pétales desséchés, l'acétone. Cette odeur tenace et si triste, que le savon même ne parvient jamais à masquer tout à fait.

Si longtemps qu'elle ne s'était pas trouvée mêlée à ses semblables... Son deuil, d'abord. Et puis – mais de cela, elle se gardait bien de se plaindre ! – ces quelques années où elle avait vécu seule, dans la maison que Louis leur avait construite. Seule, tranquille, faisant désormais ce qu'elle voulait ; et quand, et comme elle le voulait. Déliée de ces obligations que lui créait Louis, sans cesse, avec ses souliers à cirer, ses cols à amidonner, le souci de ne pas laisser s'épuiser son eau de Cologne ambrée, son talc, son savon à barbe. Et puis la viande et les légumes, tous les soirs, et les desserts, et il était exigeant, il aurait fait beau voir qu'elle lui présentât deux fois dans la même semaine le même menu... Et son vin : le rouge à chambrer méticuleusement, à décanter même, parfois ; ou alors le blanc à tenir bien au frais, les jours du poisson... Dans les dernières années, il lui était arrivé de trouver qu'elle avait là encore une bien lourde tâche, à son âge... Mais quand on a vécu si longtemps avec celui qu'on aime, tous ces soins ne sont-ils pas quand même l'unique moyen qui vous reste de dire, sans paraître trop ridicule, qu'on est encore amoureuse, autant qu'à vingt ans ? Quoique différemment, bien sûr.

Et puis pfuit !... un beau soir, ce grand corps inerte qu'on vous rapporte, ces vomissures de sang souillant la belle chemise blanche, tout cela qui l'avait pris, Louis, alors qu'il quittait son dernier client. Et sans doute ses gros yeux bleus s'étaient-ils emplis d'une stupeur indignée quand il avait identifié « la chose » qui brusquement fondait sur lui et le terrassait... Il n'avait pas eu le temps de proférer un seul mot, le pauvre, il n'avait plus été soudain que ce mort immense qui, pendant trois jours, avait habité cette maison bâtie pour y vivre à deux.

Après, les bienfaisantes années de paix : le jardin, les abeilles, en été, le parfum des pêches au crépuscule. Et l'hiver, la neige sur les grandes ombelles de livèche, tandis qu'assise près de la fenêtre on s'amuse, avec la navette à frivolité, à en imiter les dentelles. Et la Petite, souvent, parce que cela arrangeait Paula, si occupée, de la confier de temps en temps à sa mère.

C'était merveilleux de ne pas avoir à éduquer ce petit bout de femme, de simplement la regarder vivre. Et ces matins bénis, quand la fillette se glissait dans le grand lit, s'y pelotonnant comme un chaton, et exigeait : « Raconte, grand-mère... ». Elle faisait exprès de se tromper parfois, Mme Besson, rien que pour entendre la petite voix protester, outrée : « Mais c'est tout faux, grand-mère ! Tu n'as pas dit "et ils ne lui donnaient à boire que de la bière tout aigre..." ».

C'était trop beau : l'argent avait manqué, il n'était pas tellement économe, Louis, et puis il aimait tant les belles choses... Il avait fallu vendre la maison, venir habiter chez Paula... Mme Besson soupira : elle n'arrivait pas à s'y faire. Quand elle se disait que cette Paula si efficace, si maîtresse d'elle-même qu'elle en était impassible, était sa propre fille, il lui venait toujours comme un immense étonnement. Et les deux garçons étaient tout pareils : pratiques, réalistes, avec déjà cet air hautain et condescendant... Il n'y avait que la Petite qui ne leur ressemblât pas, rêveuse, un peu fantasque, toujours à lire dans un coin ou alors à s'échapper on ne savait où... La Petite, et puis Octave bien sûr, et c'était de lui, sans doute, que la Petite tenait...

Sur son lit, Mme Besson avait maintenant disposé la jupe soigneusement repassée, le casaquin, les bas ; sur la carpette, bien parallèles, les souliers de cuir noir, tout déformés mais cirés au miroir, attendaient. Le lacet du droit n'était-il pas usé, menaçant de craquer quand elle l'attacherait ? vite, le changer...

« L'AIGLON »[1]... Enfin elle allait la voir, cette pièce de théâtre lue tant de fois qu'elle la savait par cœur... Au fond, c'était curieux cette passion qu'elle avait toujours nourrie pour Napoléon et tout ce qui le concernait. Contraire à ses sympathies naturelles, ne préférait-elle pas les êtres doux, modestes ? Comment expliquer que cet impérieux petit conquérant l'ait séduite ? Parce qu'en plus il était petit, et noiraud, alors qu'elle raffolait des hommes grands, beaux et blonds, autrefois – autre-

1. L'Aiglon, pièce en six actes, en vers, d'Edmond Rostand.

fois ? Allons donc ! Aujourd'hui encore ! A la seule différencc près qu'elle pouvait, aujourd'hui, le dire sans se gêner, n'est-ce pas là l'un des privilèges des vieillards (enfin, des vieilles femmes parce que les hommes, si vieux soient-ils, quand ils disent à une jeunette qu'elle est belle, ça vous prend tout de suite des allures équivoques...) un privilège des vieilles femmes, donc, de pouvoir dire aux êtres qu'ils sont beaux, et qu'on a plaisir à les regarder ?...

Alors, ce petit Napoléon donc, si trapu... Bien sûr, il était toujours représenté debout sur un socle, ça changeait un peu les choses, et puis il y avait le chapeau qui complétait l'illusion. Enfin, dans *L'AIGLON* on ne le voyait pas, ce n'était que son ombre qui planait, immense.

Au fond, peut-être n'étaient-ce que les textes parlant de lui qu'elle aimait, Mme Besson, ces tirades ronflantes :

Il va, tachant de gris l'état-major vermeil ;
L'armée est une mer ; il attend le soleil ;
Il le voit se lever du haut d'un promontoire ;
Et, d'un sourire, il met ce soleil dans l'histoire...

Les alexandrins avaient toujours correspondu, pour Mme Besson, à l'idée qu'elle se faisait de la Beauté, de l'Harmonie, de la Grandeur, de la Pompe, tout cela avec des majuscules...

– ... la troupe du Châtelet en tournée, vous vous rendez compte, grand-maman ? Réjouissez-vous ! Parce que vous nous accompagnez, cela va de soi...

C'était Octave, des billets de théâtre plein les mains, qui à midi lui avait annoncé l'événement.

Lui aussi était trapu, Octave. Et noiraud. Enfin, pour ce qui lui restait de cheveux. Autoritaire, avec ça. L'autorité serait-elle l'unique attitude permettant aux hommes petits de s'affirmer ? Doté d'une voix qui vous convainquait, vous enflammait pour toutes ces grandes causes qui lui tenaient tellement à cœur. Bref, une voix qui aurait mérité d'appartenir à un grand bel homme, mais depuis quand la perfection serait-elle de ce monde ? N'importe ! chaleureux, Octave, vraiment, et généreux. Le seul à lui dire « grand-maman » et non « grand-mère ». Le seul – à part la Petite, bien sûr – à apporter un peu de fantaisie dans cette maisonnée figée. Parce que s'il ne fallait compter pour cela que sur Paula... Amidonnée, Paula. Roide.

Du tiroir de son petit secrétaire, Mme Besson sortit la broche. Toujours aussi belle... Dans sa monture d'argent vieilli, la pierre luisait comme une cuillerée de gelée de framboise. Vraie pierre ? Ou bien cristal, verre taillé ? Jamais Mme Besson ne s'abaisserait à la faire expertiser : Louis la lui avait apportée un soir, à une époque où ils n'étaient pas encore bien riches, non, vraiment pas. Il avait l'air émerveillé du pickpocket réalisant que c'est sur le Ko-I-Noor qu'il vient de faire main basse. Alors, c'était « la broche », un point c'est tout, et ce soir elle l'épinglerait à son châle.

A l'heure voulue, elle était prête, assise bien droite au bout de la table sur laquelle elle avait disposé un gratin doré. Miraculeusement neigeuse, sa coiffure bouffait autour de son visage aux pommettes hautes, et ses yeux clairs de chat, au milieu des mille rides de son sourire, brillaient d'excitation. Autour de sa chaise, sa jupe de faille s'épanouissait, et de petites mitaines de filoselle cachaient ses mains gercées. A son corsage, de tous ses feux resplendissait la broche.

Les autres n'avaient pas eu un regard pour elle, bien que flottât autour de sa personne un poétique nuage de lavande : ils mangeaient, c'était là , pour eux, l'essentiel.

Aucun d'eux ne s'était encore changé et Mme Besson, une fois de plus, soupira : ça en promettait, une course, quand tous à la fois ils voudraient tout à l'heure disposer de la salle de bains ! Et s'il y avait comme toujours des boutons à recoudre, une maille qui filait à un bas ? Paula se promènerait, son fer à repasser à la main, houspillant son monde... Jamais ils n'auraient le temps, en plus, de se préparer moralement afin d'arriver, disponibles et sereins, au spectacle...

Et la Petite, au fait, qui rôdait encore !...

Ah ! tout de même, la voilà qui surgissait, essoufflée d'avoir couru, en nage, jambes sales et griffées, cheveux dans les yeux... La baigner encore ? Seigneur !...

– Oh !... Mais grand-mère, qu'est-ce qui t'arrive ? Tu es belle comme le soleil !

Tous ces regards soudain tournés vers elle...

– Vous sortez, grand-maman ? questionna Octave. Où diantre allez-vous ?

Il devait pourtant bien le savoir, non ? « La troupe du Châtelet, vous venez avec nous... ».

– Octave... Vous avez pourtant bien dit « L'AIGLON » ?

– Mais pas aujourd'hui, grand-maman, seulement en novembre... Vous n'avez pourtant pas cru... ? Les réservations venaient de s'ouvrir, je m'y suis précipité, mais c'est seulement en novembre, L'AIGLON, grand-maman, voyons...

Et pourquoi ne riraient-ils pas, tous ? Elle est tellement cocasse, cette vieille petite dame qui comprend tout de travers et qui se tient là, bien droite, avec sa broche surannée et ses cheveux passés au bleu de lessive...

Ça ne sera qu'en novembre, grand-maman, voyons !... Et d'ici là, bien de l'eau aura passé sous les ponts, et qui peut jurer que d'ici là ce vieux cœur déjà tellement usé...

Elles s'accrochent au bord de la table, les petites mains gantées de filoselle de Mme Besson, tandis qu'elle les fixe, eux tous, et voilà que leurs rires tarissent et que s'installe un silence pétrifié. Alors, millimètre par millimètre, elle force un petit sourire courageux à gagner ses lèvres tandis qu'elle parvient à s'écrier gaiement :

– En novembre ? Suis-je donc sotte, vous avez bien raison de rire ! Seulement, Octave, ma place, il vous faudra demain la rendre parce qu'en novembre, mes pauvres enfants, je ne serai sûrement plus là... Du moins, je l'espère...

Alors, l'exclamation de la Petite, qui croit au prologue d'une histoire passionnante :

– Ah non ? Parce qu'alors... tu seras où, grand-mère ? Raconte, dis...

A chacun son miracle

– Votre grand-tante Rosa, nous avoua-t-on lorsque nous fûmes assez grandelettes pour assumer pareille révélation, votre grand-tante Rosa donc, montant pour la première fois de sa vie dans un train qui, de son hameau bernois, devait la mener à Genève pour y apprendre le français, eh bien ! votre grand-tante Rosa fut enlevée par la Traite des Blanches.

Joli début pour une histoire de Noël, dira-t-on. Fait divers en outre qui, s'il aurait fait pleurer Margot à l'époque où le misérabilisme était à la mode, ne convient plus guère de nos jours.

Aussi bien préciserai-je tout de suite que nul, dans notre famille, ne parut jamais avoir pris au tragique les avatars de tante Rosa. Mieux : quand la phrase « Lorsque tante Rosa fut enlevée par la Traite des Blanches... » tombait par hasard dans la conversation, elle déclenchait aussitôt à la ronde gloussements et rires homériques. A l'heure actuelle encore, je n'arrive pas à comprendre ce qui provoquait ainsi l'hilarité des adultes : l'ère victorienne qui tirait à sa fin aurait certes pu les inciter à glisser pudiquement sur ce qu'un tel événement dut entraîner de misère morale et physique, d'avilissement sans doute, pour la candide adolescente aux sages nattes blond blé... Mais de là à en rire... Ou peut-être encore, l'issue – heureuse – de ses aventures étant connue, avaient-ils le sentiment roboratif que tout concourt au bien de ceux qui gardent le cœur pur ? Pour ma part, ne pouvant à mon âge comprendre de quoi il s'agissait, simplement je riais de les voir rire.

D'autant qu'il se trouvait immanquablement quelqu'un pour enchaîner : « ... et qu'elle eut abouti dans cette "maison" de Calcutta... ». Alors là, je m'épanouissais : Calcutta, grâce à l'Ecole du dimanche, je connaissais, c'était bourré de pauvres petits enfants dormant à la belle étoile, avec juste un bout de pagne crasseux laissant voir leurs tibias pas plus gros que des aiguilles à tricoter, et nous confectionnions des boulettes avec le papier d'étain de notre chocolat des quatre-heures, boulettes qui, vendues je ne savais à qui ni où, nous procuraient cet argent qui, envoyé à Calcutta, permettait à ces petits enfants de se couvrir d'un pagne plus grand, comme ça personne ne voyait plus leurs tibias.

Dieu merci ! Tante Rosa n'avait pas connu pareil sort, elle avait eu une maison, à Calcutta. Ça lui avait permis de rester vivante puisque, pas mal vieille déjà, elle habitait maintenant à Jérusalem où, avec un mari irakien qui fumait la pipe à eau (nous pouvions le voir sur une photographie) elle tenait à son tour une pension, la Pension suisse qui avait la forme d'un chalet, ce qui m'impressionnait beaucoup. Tante Rosa n'avait jamais eu, n'aurait jamais besoin de mes boulettes et j'en étais bien contente pour elle.

Glissons donc sur Calcutta. Glissons pareillement sur ce vice-roi des Indes (je jure que je n'invente rien, et l'on peut voir que l'histoire ne date pas d'hier) qui extirpa Rosa de sa "maison" pour qu'elle vînt habiter la sienne. Glissons même à regret sur les fabuleuses parures de rubis que, dit-on, il lui offrit – pour prix sans doute du soin qu'elle mit à lui tenir son ménage. Parures que nous ne vîmes jamais, mais dont j'imagine qu'elles furent bien utiles à Rosa quand elle se mit en tête de s'acheter d'une part une conduite, et d'autre part ladite

Pension suisse (où d'ailleurs elle termina paisiblement ses jours, entourée de l'affection des siens). Tout est donc bien qui finit bien.

– Mais Noël, dans tout cela ? dira-t-on.

Patience m'y voici.

Donc, un certain soir de Noël, alors que sifflait la bise aux fenêtres givrées, alors que la neige bloquait les chemins, alors que dans la cheminée les bûches pétillaient joyeusement (que vous disais-je ? voilà le décor enfin planté, et ne croirait-on pas lire Dickens ?), ne voilà-t-il pas que grand-papa nous annonça la défection du Père Noël ! Le Père Noël qui chaque année, immuablement, faisait son entrée à ce moment précis, vêtu de sa houppelande rouge, avec ses bottes et sa barbe en ouate, eh bien non, il ne viendrait pas. Et comme, de déception, nos nez déjà se plissaient, allons allons, les filles, rentrez vos mouchoirs, on ne perdrait rien car à la place, il y avait UNE SURPRISE.

Et devant nos yeux émerveillés parut soudain une créature de rêve, tout ennuagée de gaze gris perle où couraient des fils d'argent. La Dame de Noël, pas moins. Et sous le voile arachnéen qui, tombant d'un turban resplendissant de pierreries, dissimulait à demi son visage, nous distinguions son regard d'azur.

A sa suite, glissant tout seul sur le parquet ciré, un énorme ballot noué d'une cotonnade rayée pénétra dans la pièce. Ce n'est qu'après qu'on vit que c'était un petit garçon qui le poussait, ce ballot plus gros que lui ; un petit garçon au teint basané, aux yeux noirs immenses, aux cheveux crépus sous un calot de feutre rouge. Un tout petit garçon vêtu d'un burnous de laine blanche.

Quand il dénoua l'étoffe, alors croulèrent sur le sol des caissettes de bois blanc regorgeant de friandises inconnues, de dattes fourrées, de nougats roses à la pistache, de loukoum. Mais aussi des châles bigarrés, des babouches brodées, des ceintures faites de coquillages ; et puis des boîtes de nacre emplies de pâtes parfumées, des bâtonnets d'encens, des sachets d'aromates dont les effluves entêtants prirent possession du salon désuet : les Mille et une Nuits faisaient alliance avec Noël pour mieux nous enchanter.

Je sais, maintenant, que tout ceci n'était guère qu'articles de souks, babioles sans grande valeur. N'importe. Ce soir-là, tante Rosa – car c'était elle, bien sûr –, outre ce trésor léger de sequins, de verroteries, m'a fait cadeau d'un autre trésor, de prix celui-là. Et si ce ne fut qu'au fil des ans que la perle se développa et prit son orient, c'est ce soir-là que le grain de sable autour duquel put se déposer ensuite la nacre fut implanté dans mon cœur.

Certes, je ne tiens pas pour négligeables les miracles qui, pendant des jours, des mois et des années, durent se suivre en ribambelle jusqu'à ce que la pitoyable petite prostituée de Calcutta pût, une fois, venir jouer la Dame de Noël parmi les siens. Mais le miracle, minuscule et cocasse, qui pour moi marqua cette nuit-là, il a tenu en une seule phrase.

Au cours du repas qui suivit, tante Rosa me désigna soudain ce garçonnet qui l'accompagnait (un de ses innombrables petits-neveux), qui ne parlait qu'arabe et, à notre stupéfaction, mangeait avec les doigts.

– Eh bien tu vois, me dit-elle, Jésus, quand il était petit, il devait beaucoup ressembler à Ahmed...

Ça n'était pas possible !... Le petit Jésus, je savais bien que c'était – né spécialement pour nous parce que nous étions plus gentils que les autres – un poupon rose et blond couché sur de la paille bien propre, entouré de bergers jodleurs et de rois un peu pareils à grand-papa, ou au syndic, sauf qu'ils portaient des couronnes en or.

Bien sûr, on disait « Bethléem... », mais encore ?... Bien sûr, Jésus adulte, sur les images, portait des robes, mais les anges aussi en portaient. Dans les histoires du bon Dieu, il y avait des robes, et dans les histoires militaires, des uniformes.

Et voilà que d'après tante Rosa, qui venait de Jérusalem donc presque de Bethléem, et qui devait donc bien savoir, elle, voilà que le petit Jésus il aurait eu, comme Ahmed, des cheveux crépus, il aurait baragouiné quelque idiôme incompréhensible, il aurait mangé avec les doigts ?

J'ai compris, ce soir-là, que Jésus n'est pas né chez nous. Et peu à peu, l'image s'est précisée.

Maintenant, je les connais ces pasteurs émaciés qui le bercèrent des aigres mélopées de leurs pipeaux, ou de leurs petits violons faits d'un bâton, d'une demi-courge évidée, d'une peau d'iguane et de trois crins arrachés à la queue d'un cheval famélique. Ces violons pareils à celui dont me fit cadeau Amadou-le-Peul, mon fils Amadou – le sien propre, et non point quelque jouet pour touriste qu'il aurait fabriqué à la va-vite. Et des rois semblables à ceux qui offrirent ces parfums bizarres qui, ce soir-là, m'avaient tourné la tête, j'en ai vu, nomades crasseux couverts d'oripeaux en loques, et leur noblesse d'allure et d'âme m'a coupé le souffle.

Je sais maintenant – ayant commencé à l'entrevoir cette nuit-là – que le Christ est né Juif en terre occupée, puis aussi qu'il nous fut donné gratuitement. A nous, mais aussi à d'autres. Et je sais en plus qu'il existe partout, disséminés à la surface du globe, d'humbles adorateurs d'une même idée de Dieu qu'ils ont, pour se la rendre accessible, concrétisée en des images variables.

Mais de cela, dira-t-on, à l'heure actuelle, avec les moyens de communication, avec la télé, tout le monde en a pris conscience, vous enfoncez des portes ouvertes...

Peut-être bien.

Alors disons que ce fut là mon petit miracle privé et que j'aime bien, surtout quand revient Noël, m'en souvenir.

Laudes mineures sur un thème du Périgord

Encore s'il avait fait moins chaud !...

Qu'une bonne âme se fût avisée d'ouvrir la fenêtre une minute seulement, et tous ces visages groupés autour de la table de jeu auraient peut-être repris soudain leur aspect normal. Pour l'instant, congestionnés et rubiconds, ils rappelaient de plus en plus ces grotesques statuettes de Tyroliens rebondis mises en vente dans les boutiques de souvenirs. Et si mes joues à moi, encore que brûlantes, n'avaient pas tout à fait l'aspect vernissé et flambant de celles des adultes, elles ne le devaient qu'au fait qu'ils s'étaient bien gardés de me verser de ce bordeaux dont eux-mêmes avaient vanté si fort les mérites.

Pas tellement drôle, au fond, ce déjeuner chez les Schmidt... Sur le chapitre des mets, il n'y avait rien à redire : de la bonne nourriture honnête, sans génie mais en robe de fête. Certes, lorsqu'on avait apporté la dinde, pâlotte au milieu de ses garnitures compassées, j'avais risqué un coup d'œil du côté de grand-mère qui, imperceptiblement, s'était rengorgée, consciente de l'hommage que je rendais à sa manière transcendante de rôtir, elle, les volailles. Mais tout de même, il fallait vouloir chercher la petite bête pour prétendre que ce repas n'avait pas été bon.

Seulement, il y avait l'ambiance.

Dieu sait pourtant que les Schmidt y mettaient du leur. Mais on avait toujours l'impression, chez eux, de coltiner un sac pesant : on le tirait, on le poussait, on le traînait à hue et à dia ; à peine le déposait-on un instant, histoire de reprendre son souffle et de s'éponger le front que crac ! la conversation s'éteignait. En toute justice, il y avait, bien sûr, cette question linguistique : hormis leurs deux filles qui, fréquentant l'école publique, se débrouillaient fort bien dans le français du lieu, les Schmidt n'étaient incontestablement pas à leur aise dans notre langue. Il suffisait d'ailleurs que mon père s'exprimât dans leur dialecte tudesque pour qu'ils s'épanouissent aussitôt, disant tous les deux ensemble des choses qui paraissaient très amusantes ; mais aucun des membres de notre tribu ne comprenait alors plus rien, et maman prenait son air suave comme lorsqu'elle rêve qu'elle est ailleurs et c'est toute une affaire que de l'en ramener ensuite... Dès lors, comme nous étions la majorité, la conversation se déroulait en français, et il était clair que les malheureux ne parvenaient pas à suivre.

En l'honneur du jour de l'An, nous avions eu droit, au dessert, au discours radiodiffusé d'un politicien éminent. Monsieur Schmidt, ayant imposé silence à toute la tablée, avait croisé sur son estomac ses mains soignées, fermé les yeux, et écouté du début à la fin cette fade éloquence, hochant pompeusement la tête et ponctuant chacune des phrases emphatiques de « hon ! hon-on... » tour à tour soupirés ou gémis sur des tons variés englobant l'approbation sans condition, la mise en doute sarcastique, l'anxiété poignante devant les sombres lendemains, la protestation véhémente.

Maintenant, le café bu, ils jouaient aux cartes.

Moi, je m'ennuyais.

Cette nouvelle robe offerte pour mon Noël par tante Jeanne (« ...et c'est un petit modèle, chérie, je ne sais pas si tu te rends bien compte... ») m'engonçait à la manière d'un surplis ridicule. Passe encore l'étoffe qui me plaisait assez, mais tous ces collets et capes superposés !... – et je t'y mets d'abord une pélerine crénelée en jersey, puis une autre, ronde celle-ci, en piqué blanc, puis une troisième, plus courte, de nouveau en jersey ; et pour finir une sorte de rabat de pasteur en piqué, maintenu par un gros bouton de cuir rouge. L'encolure trop juste m'écorchait le cou, encore un peu et s'imprimerait dans ma chair ce collier cramoisi qui doit encercler la gorge des pendus... Et comment dissimuler là, sur la cuisse gauche, cette large auréole graisseuse qui ne manquerait pas de m'attirer des ennuis dès que nous serions rentrés chez nous, et qui concrétisait ce coup de coude asséné en traître par Lucy, alors que je portais à mes lèvres une cuillerée de consommé ?

Où avait-elle bien pu disparaître, Lucy ? – « Lus-ssy » comme prononçaient précieusement ses parents en s'efforçant de teinter ce prénom d'une nuance anglo-saxonne : les Schmidt avaient la passion des ambiances yankees et s'appliquaient vaillamment, chaque dimanche, à parler l'anglais en famille (l'avenir appartiendra à ceux qui maîtriseront les langues...) avec un navrant accent teuton hérissé de gutturaux raclements de gorge.

Ainsi, elle avait pour un instant renoncé à minauder autour de son père, Lucy ; il était rare qu'elle cessât de lui faire la cour, zozotant et postillonnant comme le bébé qu'elle avait fini d'être depuis longtemps, roulant ses yeux bleus protubérants, et lui, béat, accédait alors à toutes ses fantaisies.

– Comment peut-on être aveugle et faible comme ce pauvre Alfred, s'étonnait parfois mon père. Proprement infernale, cette gamine !...

Madame Schmidt, après quelques vaines tentatives pour renvoyer sa fille à ses jouets, ravalait généralement ses timides avis, soupirait en gonflant son jabot pareil à celui de quelque plantureuse poularde, et fixait le vide...

... Et si une tempête avait soudain fondu sur nous, c'est elle seule, entre eux quatre, que j'aurais admise à bord de mon radeau, parce qu'il y avait dans son regard myope tout un stock de bonté patiente. Mais pour ce qui était de son pimpant mari et de ses deux précieuses filles, je les aurais repoussés froidement à l'eau à coups de gaffe. Lucy la première, avec ses yeux d'émail bleu et ses petites réflexions sataniques. Et Véronique ensuite, à cause de ses intermèdes de danse classique, de ces mouvements étranges et compassés qu'elle exécutait à tout propos d'un air mourant, telle la prêtresse en transe de je ne sais quel culte ; et à certains passages, ayant trop présumé de ses capacités, il lui arrivait de tomber sur le derrière et nous devions tous, alors, faire comme si nous n'avions rien vu ; et plus souvent elle perdait l'équilibre, plus vigoureusement il importait d'applaudir à la fin, ce qui ne l'empêchait pas de pincer très fort ses paupières pour retenir les larmes de dépit qui finissaient toujours pas couler sur ses joues blanches, ensuite de quoi nous devions nous livrer à toutes sortes de simagrées pour qu'elle voulût bien nous pardonner d'avoir assisté à ses défaillances.

... Si les Schmidt ne nous avaient pas invités, j'aurais pu aller jusqu'au bord du lac, voir si la bise avait déjà construit des châteaux de glace...

... Heureusement encore que j'avais mis la main sur ce livre d'images. Ce que je pouvais l'aimer, ce *Struwwel Peter* !

- Age mental : cinq ans ! ne manquait jamais de persifler Lucy lorsqu'elle me voyait le choisir parmi les volumes de sa bibliothèque.

Malgré mes deux années de cours d'allemand, le texte en caractères gothiques me demeurait hermétique, mais les dessins suffisaient amplement, leur curieux humour noir me ravissait. Je riais toute seule lorsque, de la désobéissante Pauline et de sa crinoline verte, il ne restait plus qu'un petit tas de cendres fumantes et deux pantoufles rouges intactes, sagement alignées, sur lesquelles les deux malheureux chats pleuraient en ruisseaux symétriques. De temps en temps, abandonnant sous son fatras de plats, d'assiettes, de carafes, de nappes et de mets renversés l'impénitent Philippe que sa mère enrubannée recherchait d'un face-à-main placide, je levais le nez pour me perdre un instant dans la contemplation d'un ciel plombé prometteur de neige. Devant les fenêtres, les mouettes en escadrilles croisaient, quêtant du pain, toute leur royale dignité d'oiseaux sauvages abdiquée, ravalées soudain au rang de volaille querelleuse et quémandeuse.

La jeune bonne apportait du thé, de la bière pour les messieurs, des canapés variés et des petits fours. Pas de doute, on allait se remettre à manger. Monsieur Schmidt et papa trinqueraient (Zum Wohl, Alfred ! Zum Wohl, Henri !), on se congratulerait encore, de nouveaux vœux – ou les mêmes que tout à l'heure – seraient échangés. Déjà, Lucy et Véronique passaient les plateaux.

Monsieur Schmidt, onctueux et tentateur, pressait tante Jeanne de prendre, elle aussi, un verre de bière bien fraîche. Mais elle se récusait, avec des airs effarouchés de jeune fille verte et de petites dénégations affolées, le suppliant de ne pas la contraindre à semblable extravagance :

– ... Et le thé est bien la seule chose raisonnable, après les excès auxquels je me suis livrée au cours de ce repas, et cher monsieur Schmidt, vous n'avez aucune idée : je vis comme une nonne, c'est cela même, comme une nonne... La frugalité, tout simplement, à peine une tasse de café, un œuf, et c'est tout...

Les plateaux, lentement, se dégarnissaient. Il y avait du saucisson, des crevettes, du jambon, du foie gras.

– Servez-vous donc, les enfants, dit paisiblement Madame Schmidt.

Et Lucy s'avança vers moi, m'offrant le plat tenu du bout des doigts. Délibérément, elle paraissait restreindre mon choix à l'unique tartine restée pour compte sur ce côté de la grande assiette qu'elle me promenait sous le nez.

Docile, ma main se tendait lorsque soudain, à demi noyée dans le pâté rose et appétissant, j'aperçus une chose qui, certainement, n'aurait pas dû s'y trouver, une chose que je n'allais tout de même pas manger : une pastille noire, mate, de la grosseur d'une pièce de dix sous (débris de papier ? fragment de métal oxydé ? parcelle d'ébonite ?) qui certainement avait échappé à la petite bonne beurrant ses sandwiches ; que les adultes, se servant machinalement, tout à leurs cartes, n'avaient peut-être pas remarquée. Mais que Lucy, l'affreuse Lucy, ne pouvait pas, elle, ne pas voir. En refusant manifestement de me présenter l'autre côté du plat, ne me condamnait-elle pas à ingurgiter, par politesse, cette chose suspecte ?

– Certains l'ont tenu pendant sept ans, lança Lucy dans un chuchotement sifflant. Tu vas te servir, oui ou non ?

De l'œil, je tentai de parlementer. Mais on n'entrait pas dans le regard de Lucy : bleu et luisant, il s'abritait derrière un film qui, pour avoir la pureté du cristal, n'en trahissait pas moins la dureté du verre armé. Le dialogue était à sens unique, seuls me parvenaient ses ordres. Or, il n'y avait pas à s'y tromper : elle m'enjoignait d'absorber ce produit non comestible qu'elle avait peut-être, qui sait ?, subrepticement déposé là à mon intention. De guerre lasse, résignée, je fourrai dans ma bouche la tartine toute ronde, bien décidée à l'avaler sans la mâcher, risquant de gaîté de cœur la perforation d'estomac qui punirait mon bourreau...

– Toujours la même égoïste, siffla Lucy en se détournant, furieuse et la lippe mauvaise. Il a fallu que tu me la chipes !

Aurais-je mal décrypté le message des billes turquoise ? Mais le temps n'était plus à rechercher la solution de cette énigme : un phénomène de toute importance commençait en effet à se produire en moi. Contre mon palais venait de naître une saveur, un arôme qui, m'arrachant au salon étouffant, m'emportait au loin, en pleine forêt automnale... Chaque fois que ma langue rencontrait, dans son écrin de foie gras, la petite rondelle friable et parfumée, c'était comme si des tourbillons de feuilles mortes m'enveloppaient de leur fumet de sauvagine. Et je croyais entendre retentir au loin le galop des hardes de chevreuils fuyant entre les hauts fûts des hêtres...

Je venais de faire connaissance avec les truffes du Périgord.

En boîte, évidemment. Car pour ce qui est des fraîches, j'attends toujours. Rêvant parfois – on a bien le droit de rêver de temps à autre, non ? – d'un séduisant don Juan aux tempes argentées qui les mettrait (à propos, la truffe ne passe-t-elle pas pour aphrodisiaque ? ?) les mettrait, donc, cuire sous la cendre, à mon intention... Il paraît que c'est exquis...

Elle et Lui

Sans doute certaines rencontres s'opèrent-elles facilement, coulent-elles de source, vont-elles de soi. Rencontres somme toute banales.

Telle ne fut pas la Leur, qui s'en vint couronner l'édifice de multiples circonstances en tous points inhabituelles.

Encore ne sera-t-il fait état, ici, que de son odyssée à Elle – de Ses avatars à Lui, qui se soucie ? De même, on ne tiendra compte que de la seule soif qu'Elle eut soudain de Lui, car qui s'aventurerait à jurer que ce désir fut réciproque ?

Donc, un certain jour de juin, sous d'autres latitudes, dans une rue populeuse, alors qu'au loin le soleil plongeait dans la mer, ILS se rencontrèrent. Enfin.

Mais auparavant il avait fallu que, délaissant sa famille, sa maison, son jardin, son village, ses amis, Elle montât dans la grosse machine volante et vrombissante qui allait La mener presque aussi loin que les limites du monde exploré. Il serait faux d'imaginer que c'était à Sa recherche qu'Elle se lançait ainsi, non ! Tout autre était son dessein dans le détail duquel nous n'allons d'ailleurs pas entrer. Bien plus, planifiant son expédition, Elle avait au contraire misé sur Sa présence constante et normale, en tout temps et en tous lieux. Or, Il n'était pas au rendez-vous, c'était évident. Et dans ce pays austère et sans concessions, rien n'était prévu qui pût Le remplacer.

Quand prit-Elle conscience de Son absence ? Difficile à préciser... Le fait est qu'arrivée à destination, lorsqu'on l'eut enfermée dans une haute tour de verre et de métal en lui enjoignant d'y dormir jusqu'au lendemain – et de revenir y dormir toutes les nuits la séparant de son départ – ce ne fut point de Lui qu'Elle rêva.

Pas davantage au matin suivant, tandis qu'Elle découvrait la perspective à la fois vénitienne et hollandaise de la ville où scintillaient, comme autant de lingots d'or pur, coupoles et flèches, aiguilles et bulbes.

Ni lorsqu'Elle s'émerveilla de la fougue des chevaux de bronze, de l'audace des ponts, de l'élégance des fers forgés, des coloris raffinés des palais, de la pureté des cristaux, de la délicatesse des filigranes, de la profusion des pierreries, de l'éclat satiné des perles, de la suave luisance des laques, de la verdoyance des malachites.

Moins encore lorsque, tandis que La ravissait la soyeuse clarté gris perle de la nuit polaire, une elfe blonde aux bras emplis de lilas sauta soudain près d'Elle de la corbeille, pareille à celle du carosse de Cendrillon, d'un pétaradant side-car.

Pourtant en Elle, insidieusement, l'envie de Lui avait déjà commencé à se frayer son chemin.

Peut-être est-ce dans les musées, lorsque sur certaines toiles Elle L'aperçut (happé par les rais de lumière des Rembrandt, à demi dissimulé sous les luxuriants feuillages des Gauguin) qu'Elle se mit à sonder ce manque qui se creusait en Elle et que Lui seul pourrait combler ?

En fait, Son image précise ne s'imposa qu'à partir de cet instant où, sur un trottoir torride, Elle aperçut un pauvre homme : ayant confié trois piécettes à l'automate qui se trouvait là, il refusait de croire la machine déréglée au point de lui refuser ce gobelet d'eau pour lequel il venait de payer, pourtant, le tribut prescrit et, l'accusant de malveillance, donnait dans le ventre de l'appareil d'inutiles coups de poing. Dès lors, Elle ne parvint plus à bannir Son souvenir, lequel se fit réellement lancinant à la vue d'un essaim de femmes dépoitraillées et suantes qui, le souffle haletant et les pieds englués au bitume fondu par la chaleur, repeignaient à grands coups de pinceaux rythmés, dans un remugle de poisson avarié, les vantaux immenses d'un gigantesque portail d'usine.

A ce point de ses pérégrinations, une certitude L'aveugla : une seule chose importait désormais, qui était de découvrir l'endroit de la ville où l'on devait, de toute évidence, Le garder caché.

Aussitôt, Elle se mit en marche.

Mais où Le chercher ?

La foule dense, anonyme, pressée, fourmillait. Elle aurait aimé s'enquérir auprès de ces hommes aux épaules voûtées, de ces femmes aux formes lourdes. En vain s'efforçait-Elle de croiser un regard : leurs yeux à tous demeuraient obstinément fixés au sol tandis qu'ils circulaient le visage fermé, impassibles, maussades. Interchangeables. Un enfant, peut-être, aurait su, aurait accepté de La renseigner... Mais Elle avait beau inventorier tous ces êtres, l'un après l'autre, force lui était de l'admettre : dans cette ville, il n'existait pas d'enfants...

Depuis longtemps déjà Elle marchait, enfilant une rue après l'autre, saoûlée de chaleur, les pieds gonflés et douloureux, gagnée par la fatigue et par le sentiment décourageant de l'inutilité de sa quête.

Soudain, Elle L'aperçut.

Mais les autres, eux aussi, – ceux qui pourtant gardaient les yeux baissés – avaient vu et se précipitaient, s'agglutinaient, jouant des coudes, chacun voulant arriver le premier, tous ces dos, toutes ces épaules formant soudain un rempart empêchant toute approche. Mais Elle était parvenue à ce point du désir où l'on fait fi de toutes les défenses, où l'on brave toutes les hostilités, où l'on contourne tous les obstacles.

Une très longue attente fut nécessaire. Au cadran de sa montre, les aiguilles tournaient. Portée par la foule, millimètre par millimètre Elle gagnait, cependant, du terrain. Au hasard des mouvements agitant devant Elle, tels des vagues, la marée humaine, subrepticement Elle L'apercevait parfois, constatant avec soulagement que nul, encore, ne Le lui avait ravi, et l'espoir alors renaissait, doublé d'un immense étonnement : parvenue plus près, Elle constatait en effet que ce n'était point vers Lui que se tendaient les mains avides, mais bien vers un monceau d'ossements auxquels adhéraient encore quelques lambeaux de chair putride ; monceau qui formait Son piédestal autour duquel zonzonnaient des myriades de mouches d'un vert métallisé.

Accédant enfin au pied de l'étrange autel, humblement Elle Le désigna du doigt.

Mais le prêtre de cette barbare liturgie, tout en la toisant sévèrement, d'un impératif mouvement de tête lui signifia que sa prière était rejetée, et lui enjoignit d'avoir à circuler.

Elle réalisa alors qu'on entendait Le garder là toujours, parce qu'Il était le symbole de tout ce qui pouvait avoir, un jour, autrefois, existé mais n'existait plus, n'existerait jamais plus, serait à jamais inaccessible.

D'avoir ainsi, dans sa méconnaissance des rites, pensé pouvoir se L'approprier pour son seul usage, une honte rouge lui monta au visage, tandis que perlaient à ses paupières des larmes de déception, bien sûr, mais surtout de repentir. Ce que voyant l'officiant – était-Elle donc si pitoyable, avec son humble sourire mouillé ? – laissa affleurer dans son regard une sorte de compassion, ou encore cette bienveillance protectrice que l'on dédie aux très jeunes enfants irresponsables. Paternel, il voulut bien soudain admettre qu'Elle avait payé, en somme, le prix suffisant en patience, en douceur, en contrition visible. Il suffirait maintenant d'une aumône encore, compensatrice, en piécettes.

Elle fut ainsi autorisée à s'extraire de la foule, et à L'emporter.

Touriste altérée semblable à mille autres, Elle du moins Le ramenait dans ses mains en coupe, trophée conquis de haute lutte, Toison d'or chèrement acquise : pareil à quelque œuf géant de défuntes pâques russes c'était, aromatique, laqué de jaune frais, pesant son juste poids d'allègre jus captif, subtil alliage de soleil et d'eau vive, UN CITRON.

Mouvances

Tout au long de cette ruelle obscure et malodorante, cheminer lentement, vous guidant sur cette issue en forme d'ogive vaguement lumineuse qui, à chacun de vos pas, semble s'éloigner d'autant. Quand tous ces paquets pendus au bout de vos bras vous déséquilibrent, ou quand vos talons pointus, se coinçant entre les pavés disjoints, vous font trébucher, prendre appui aux murailles humides dont le crépi s'effrite et vous reste aux paumes. Avancer, néanmoins. Et finir par l'atteindre, cette voûte. Et vous y adosser. Laissant baller votre tête en arrière, l'appuyer contre les moëllons rugueux, fermer les yeux jusqu'à ce que s'apaise cette angoisse qui s'est insinuée en vous tandis que vous parcouriez ce boyau semé d'embûches.

Et si elle a fait en vous son nid, cette angoisse, ce n'est pas qu'habituellement vous paniquiez dans les venelles en coupe-gorge, non, vous n'êtes pas une fille impressionnable, en temps ordinaire ; mais ce qui vous a ainsi troublée, ç'a été de revivre, transposés dans la réalité de ce début d'après-midi insolitement sombre, ces rêves calamiteux qui depuis des semaines peuplent vos nuits, traduisant si bien cette situation inextricable dans laquelle vous vous trouvez fourvoyée. Ces rêves où vous cheminez empêtrée jusqu'aux genoux, jusqu'aux hanches dans du coton, ou enlisée dans du sable, tendant désespérément vos mains hagardes vers la lueur fuyante d'une issue mais ne parvenant pas à émerger dans la clarté...

Mais quand vous les rouvrez, vos yeux, voilà qu'elle se renouvelle et se renforce, l'angoisse. Parce que la suite est pareille : ce n'est pas sur le paysage attendu, normal, quotidien qu'elle débouche aujourd'hui, la ruelle, non : le casino, la petite gare, la place au gazon râpé, tout a disparu, happé par le brouillard, remplacé par un décor étrange, un univers tout de mouvances, de brumes, de vapeurs. Pourtant, un point fixe, auquel vous vous raccrochez : c'est le fleuve. De cela, vous êtes certaine, c'est bien lui qui, demeuré plus tiède que l'air glacial de décembre, fume ainsi, exhalant d'autres buées épaisses dont les nappes s'en vont rejoindre les nuages bas du ciel. Au-delà, vous ne pouvez qu'imaginer les maisons riveraines, elles aussi avalées par la grisaille que seules trouent, comme des clous, de rares lumières.

Et comme vous restez là, indécise et comme dans l'attente d'un signal, voilà qu'un souffle d'air, entrouvrant pour un instant l'opaque rideau ouaté, vous la révèle, celle que vous saviez trouver là, à cause de laquelle vous vous êtes lancée dans cette aventure risquée : entre deux des arbres nus qui, tels des mâts sans voilure, à distances régulières impriment en noir leur césure verticale sur le tissu flottant, une vieille voiture démodée se découpe en ombre chinoise sur le brillant du fleuve, une antique guimbarde haute sur pattes et que l'on pressent cabossée de partout, étoilée de rouille, un tacot vétuste, une tire à bout de souffle et qui serait cocasse, ou émouvante, en d'autres circonstances, mais aujourd'hui parfaitement sinistre, oui, c'est-à-dire littéralement « de mauvais augure », « présageant le malheur ».

Exactement telle que vous l'avez imaginée d'emblée lors de ce téléphone, l'autre jour : « Ecoute, chuchotait la voix, écoute ça ne peut plus durer, tout ce temps sans te voir, sans te tenir dans mes bras... T'échapper et venir me rejoindre ? impossible – dis-tu –. Et que je vienne, moi, te retrouver dans ta petite ville où tout le monde te connaît et t'épie – dis-tu – c'est impossible aussi. Alors moi, je nous ai dégoté une espèce de « no man's land », oui : un copain me prête une bagnole promise à la casse, je t'attendrai au bord du fleuve, samedi dès quatorze heures, on ira rouler dans la campagne, personne ne nous verra... ».

Et comme vous hésitiez (cet intempestif rendez-vous clandestin ne risquait-il pas de ruiner tous vos plans, patiemment échafaudés et à la veille d'aboutir ?) : « Dis oui ! avait ordonné la voix soudain véhémente, dis oui tout de suite sinon, je te le jure, je fais un malheur... ».

Et vous aviez alors jeté autour de vous des regards épouvantés : tout le monde – vos collègues entassés dans ce bureau exigu – ne l'entendait-il pas, cet ultimatum clamé, vous semblait-il, dans un mégaphone ? Mais non : indifférents – du moins en apparence – tous gardaient la tête baissée sur leur travail, leurs rapports, leurs chiffres...

DIRE NON. Clairement, irrévocablement non. C'est fini, nous deux, tu ne l'as pas encore compris ? J'ai repris pied sur la terre ferme et nos vacances de soleil et d'eau et notre amour incandescent, il faut faire une croix dessus, le mois prochain je me marie, un beau mariage tu peux me croire, j'allais justement te l'écrire. Tu tombes des nues ? C'est que tu ne m'as connue qu'insouciante, et amoureuse. Mais ce n'était qu'une apparence, une robe d'été. La vérité, c'est que je suis réaliste. Pas méchante pour un sou, ça c'est sûr, je n'aime pas faire mal. Mais éprise de confort, de sécurité, d'aisance. D'autres diraient : calculatrice, vénale ? C'est bien possible, et je n'en ai pas honte... Que me proposes-tu, toi, si ce n'est la passion – et Dieu sait si c'est bon, seulement ça s'éteint vite – et puis le risque, et la gêne financière qui est bien ce que je redoute le plus au monde...

Voilà. Ç'aurait été simple. Efficace. Honnête, aussi. Après, tout serait redevenu facile. Pour vous tout au moins.

Mais c'était compter sans ce cœur qui regimbe, sans ce corps qui se souvient trop bien, sans ce désir surtout qui fait de vous, certains jours, une affamée...

Alors s'entendre dire oui, quand même. D'accord. Samedi au bord du fleuve dès quatorze heures, je m'arrangerai, je dirai que je compte faire, et seule, mes achats de Noël, que j'en ai pour des heures.

Et puis poser le récepteur, hausser les épaules, se dire : « A Dieu vat ! on verra bien... »

Mais maintenant, prendre son souffle, emmagasiner des forces pour traverser la place herbeuse. La contempler tout en marchant, cette damnée voiture, tenter d'en conjurer les maléfices tout en sachant qu'elle n'est rien d'autre qu'une parodie grotesque de cette barque à bord de laquelle Charon-le-Nautonnier faisait passer aux âmes mortes un même fleuve embrumé ; les faisait passer de leur vie humaine chaude, foisonnante, à ces limbes mornes au sein desquelles ne tardait pas à se dissoudre jusqu'au souvenir même du désir, faute d'emploi. Ne pas parvenir à chasser cette idée qu'il en ira de même pour vous, et qu'un sort identique vous attendra lorsque vous ressortirez de cet habitacle antédiluvien : une existence confortable certes mais maussade, désincarnée en quelque sorte.

A moins que...

... à moins que vous n'ayez le courage (ou la faiblesse), au cours de cette balade-test, de déclarer nulles et non avenues toutes ces décisions que vous avez prises

– ou que vous vous êtes laissé imposer ? – au cours de ces dernières semaines. De proclamer que vous avez vingt ans, bon Dieu ! et qu'à vingt ans c'est pour l'aventure, c'est pour la passion qu'on opte et non pour un quelconque mariage de raison, si brillant soit-il...

Un peu calmée, mais toujours aussi irrésolue, éviter les flaques, glisser sur les feuilles mortes que les averses ont transformées en un magma gluant. Et où est-il, le temps où du bout du pied vous les éparpilliez comme autant de piécettes d'or, envols mordorés, vermeils, et ce parfum soudain qui vous poignait, vivre ! oh vivre, vite et fort, avant que s'installe l'hiver, et voilà qu'il est venu et que vous vous êtes agrafé au cœur cette fleur de givre...

Sans en être consciente, vous mettre à courir tout à coup, et tant pis pour vos talons que pèle le gravier, tant pis pour la longue fourrure qui vous entrave les jambes, tant pis même pour ces paquets innombrables dont les ficelles s'entortillent à vos poignets et qui sait si vous n'en avez pas perdu, déjà, un ou deux... Courir, vous précipiter vers cette voiture qui s'est soudain illuminée – sans doute, vous apercevant, aura-t-il allumé le plafonnier pour vous guider ? – et vous paraît scintiller comme une crèche de Noël à la recherche de laquelle vous auriez longtemps erré...

Il a ouvert grand la portière. Elle a deviné « Toi, toi enfin... viens ! Ô viens... ». Comme saoûle, elle s'est effondrée sur le siège, laissant sa tête partir en arrière, la bouche béante et aspirant l'air comme après une course épuisante. Tout de suite, il y a eu ces lèvres sur son visage, sur ses yeux, sur ses lèvres, sur son cou, et ce flot de paroles incompréhensibles qu'a bientôt étouffées la fourrure, n'en laissant plus sourdre qu'un murmure continu, et voilà qu'elle s'est soudain prise à rire parce que ce qu'elle entendait, c'était comme un ronronnement, oui, on aurait dit que dans les profondeurs de la fourrure un chat ronronnait de bien-être enfin, de bonheur... Et ces mains, ces mains partout sur elle, fiévreuse, presque voraces...

– Démarre ! a-t-elle supplié. Démarre, je t'en prie...

Parce qu'elle savait bien que si elle ne réagissait pas tout de suite, pendant qu'il en était encore temps, qu'elle en était encore capable, demain à l'aube – ou dans trois jours – ils seraient encore là, au bord de ce fleuve fumant, à s'abreuver l'un à l'autre, à ne plus respirer que la respiration l'un de l'autre.

Sitôt sur la route, la voiture s'est emplie à son tour d'une vapeur, âcre et bleuâtre, qui les a fait tousser.

– Baisse ta vitre, bon sang ! a-t-il hurlé – il riait – baisse ta vitre : au-dessus du pot d'échappement, il y a un trou dans le plancher, les gaz entrent et si l'on n'y prend garde, Roméo et Juliette c'est asphyxiés au fond d'une vieille guimbarde qu'on va les retrouver...

Il riait, et elle aussi, à en pleurer. Dieu ! que c'était bon ! rire de nouveau... Combien d'occasions de rire avait-elle eues, ces derniers temps ?

La pluie, enfin, s'était décidée à tomber. A pleins seaux.

Bien que roulant cahin-caha, la voiture n'en soulevait pas moins des gerbes d'eau. Par les vitres toujours baissées, ils étaients aspergés d'autant d'embruns que s'ils avaient, au lieu de circuler en rase campagne, navigué en pleine mer. Pourtant non : de chaque côté de la route, des champs noyés défilaient.

Conduisant de l'unique main gauche, il avait glissé la droite sous sa cuisse à elle, entre les plis de son manteau « ... Et qu'est-ce qu'on est bien, ma mie, dans ta petite chaleur... Et dans celle de cette bête aussi, bien sûr... C'est bien du renard ? ». Puis, un étonnement, une incrédulité dans la voix : « Parce que tu te paies du renard maintenant, ma douce ? avec ton petit salaire de rien du tout... ».

Et elle, un peu trop vite :

– C'est ma tante... a-t-elle menti. Ma vieille tante, tu sais bien, celle chez qui je logeais pendant nos vacances, notre été... Elle me gâte...

Et la semi-obscurité a dissimulé la rougeur qui lui montait aux joues.

(N'ai-je pas eu la main heureuse, ma chérie ? susurrait Didier en lui posant le manteau sur les épaules. J'ai pressenti que cette teinte exquise mettrait en valeur votre ravissant minois...)

– En effet, a-t-il commenté, un peu sarcastique. Une vieille tante qui vous offre du renard, ça n'est pas banal...

Et soudain, âprement :

– Et la bague ? C'est aussi ta tante, la bague, sans doute ?

Trop tard, elle a caché sa main. Folle ! folle qu'elle était, s'étant bien dit, pourtant, qu'il valait mieux l'enlever... Dix-sept brillants et un saphir gros comme l'ongle du pouce... Et puis, elle avait oublié...

(Voyante ? Vous la trouvez voyante, ma chérie ? Et si justement il plaît à votre fiancé que tout le monde la voie ?)

– Oui ! La bague, c'est aussi ma tante, a-t-elle continué de mentir.

Et dans quoi s'embourbait-elle, Seigneur ! Alors, soudain volubile :

– Elle est tellement vieille, tu sais, sans doute va-t-elle bientôt mourir ; peut-être, voulant se dépêcher de me gâter avant qu'il soit trop tard, en fait-elle, en effet, un peu trop...

– Et toi aussi, j'en ai peur... a-t-il lâché comme malgré lui.

Brusquement il a obliqué, lançant la voiture qui renâclait dans une sente menant à une forêt toute proche. Tout à coup il n'y a plus eu de chemin, seulement deux ornières boueuses qui allaient se perdre sous le couvert des arbres. Les pneus parfois patinaient sur un tapis de feuilles pourrissantes. Dans les fourrés, il faisait de plus en plus sombre, une dépression, trop tard, s'est soudain révélée, il y a eu comme une espèce de vol plané suivi d'un atterrissage brutal. Puis l'immobilité.

Sur le toit de la voiture, la pluie tambourinait. Tout autour, il y avait ce ruissellement, ce bruit mouillé des arbres dépouillés égouttant sans fin leurs rameaux.

– Tu ne t'es pas fait mal ? a-t-il questionné en coupant le moteur.

– Non... non, pas du tout, a-t-elle balbutié. Le... le temps m'a même manqué pour avoir peur...

– Il n'y avait d'ailleurs pas de quoi ! a-t-il coupé sèchement. Allez, viens ! On va s'installer sur la banquette arrière... Il faut qu'on parle, tranquillement...

Voilà, s'est-elle résignée : c'est maintenant qu'il me va falloir choisir... Oh ! non, pas maintenant, gémissait-elle en elle-même, pas maintenant alors que je ne sais pas encore distinguer ce qui est pour moi vital, et ce qui est accessoire... Il faudrait... il faudrait pouvoir... faire un essai, oui, un petit bout d'essai sans engagement, avec l'un, avec l'autre, après, j'aurais trente ans, à trente ans, on sait ce qui est important, mais pas maintenant, je suis encore trop petite...

Assise sur la banquette, elle a resserré autour d'elle les pans du manteau mais cela n'a servi à rien, elle grelottait quand même. Il a pris ses deux mains dans les siennes, les a portées à sa bouche, a soufflé, longuement, pour les réchauffer. Pour la première fois elle l'a regardé en face. Dans la pénombre, son visage lui a paru vieilli et comme durci, avec ce regard adulte et ce pli entre les sourcils. Mon Dieu, comme je l'aime... Comment est-il possible d'aimer avec une telle violence et de n'être pas capable, pourtant, de...

– Ecoute... a-t-il commencé, hésitant. Ecoute bien, ça va être une surprise. Bonne, j'espère. Voilà. Tu es bien d'accord qu'on ne peut pas prolonger indéfiniment cette situation sans issue ? Tu n'arrives pas à m'avouer, à m'imposer à ta famille, et comment pourrais-je te le reprocher ? Ne suis-je pas tel, en effet, qu'ils me jugeraient ? un métèque, un marginal incapable de t'assurer le minimum vital ? Mais à ce jeu-là on va se perdre, mon amour, se perdre et s'oublier au fil des jours, alors qu'on sait parfaitement qu'on est faits l'un pour l'autre. En ce moment même, qui me dit que je ne t'ai pas perdue déjà ? Je te sens si pleine de réticences, de secrets que j'ai peur de percer... Alors tant qu'à faire, autant jouer le tout pour le tout, non ? Mon grand-père, tu sais ? qui exploite un domaine agricole dans l'Ohio... Il se fait vieux, il souhaite que je le rejoigne, que je lui succède à la tête de son entreprise. J'ai obtenu mon visa, je m'apprête à partir. Alors voilà, mon cœur, c'est une demande en mariage en bonne et due forme : acceptes-tu de venir me retrouver là-bas, quand je serai installé, et d'y vivre avec moi ?

Crier ! oh ! pouvoir crier, et marteler de ses poings ce visage, ces épaules, crier, hurler non ! n'importe quoi mais pas ça, pas une ferme dans l'Ohio, même si elle ne ressemble pas à la cabane de planches de *Tobacco Road* et si ce ne sont pas des navets pleins de vers qu'on doit y ronger toute sa vie... Pas toi en fermier, perché sur un tracteur... Toi, c'est justement parce que tu es un errant, un marginal comme tu dis, que je t'aime... Si c'est pour une maison que je dois opter, je préfère celle qu'un autre m'offre sous les ombrages, au milieu des pelouses bien tondues, avec les colombes qui roucoulent dans la paix du soir et tous les miens à portée... Et puis, pourquoi faudrait-il à tout prix choisir ? Qu'as-tu besoin de partir si loin ? Reste ! Qui nous empêche de continuer à nous aimer même si je me marie ?

Mais cela, savoir que si elle se laisse aller à le proposer, il la giflera et partira, dans sa vieille guimbarde, la laissant seule dans ce bois obscur... Alors, gagner du temps. Dire oui, oui je te rejoindrai. Parce qu'avant tout on veut rentrer chez soi, au chaud, à l'abri de cette pluie sinistre... Quand il sera là-bas, ce sera facile d'écrire non.

– C'est Noël, mon cœur ! a-t-il exulté, c'est Noël et tu as dit oui !

Il l'a prise dans ses bras, enfin, et elle s'est laissée aller, oui, aime-moi, mon amour, aime-moi fort parce que c'est la dernière fois, parce que je veux pouvoir me souvenir toute ma vie de cette dernière fois... Avec ce chuchotement de l'eau, tout autour d'eux, ils se sont sentis comme dans une arche rescapée de quelque déluge. Le manteau leur offrait son mœlleux, pareil en cela au nid qu'usurpe le coucou. Ma merveille, murmurait-il, mon petit soleil...

Longtemps après, il a bien fallu qu'elle dise, s'arrachant à l'enchantement « Maintenant, je dois rentrer... ».

– Voilà, a-t-il dit en lui mettant un papier dans la main. Je t'ai noté mon adresse là-bas. Fais-moi vite savoir quand tu penses arriver...

Il a tenté de remettre la voiture en marche. Le moteur a émis deux ou trois hoquets, puis s'est tu définitivement.

– De toutes manières, jamais je ne serais parvenu à l'extraire de ce trou, je l'ai su dès que nous y sommes tombés, a-t-il dit en riant. Bah ! qu'elle y reste donc ! Pour sa dernière virée, elle nous aura quand même été bien utile : sans elle, on en serait encore à tergiverser...

Atterrée, elle restait muette. Qu'est-ce que je fais,

mais qu'est-ce que je fabrique dans ce bois lugubre, à me demander comment je vais m'y prendre, maintenant, pour rentrer à l'heure ? A peine parvenait-elle à donner le change en maintenant, sur son visage glacé, ce rictus en forme de sourire.

– Eh bien, il ne nous reste que l'auto-stop, ma jolie, a-t-il lancé tout joyeux et comme répondant à sa question. Il doit bien y avoir, de temps en temps, un peu de circulation sur cette route perdue ? Tu prends le premier véhicule qui se pointe, et moi le suivant. Après, ne t'inquiète pas, je trouverai bien un train, ou n'importe quoi, est-ce que tout n'est pas facile, maintenant ?

Non, aurait-elle dû crier, non, reste avec moi, prenons-nous par la main et allons ensemble leur dire que nous nous aimons, si tu viens avec moi peut-être aurai-je assez de force, mais toute seule, non...

Rapidement, ils se sont embrassés. La première, elle a gravi la sente glissante où il l'a suivie, lui portant ses paquets jusqu'à la route. Puis il a regagné l'abri des bois.

Elle n'a pas eu longtemps à attendre : un camion briquebalant, tout hérissé de barres de fer, de vieilles carcasses, de tout un ramassis d'objets hétéroclites se profilant sur un ciel lactescent de fin d'averse, a proposé sa candidature à coups de bielles malmenées et de freins grinçants – un ferrailleur, et cela ne valait-il pas mieux qu'une Rolls pilotée par une connaissance ? Elle a fait le signe traditionnel.

Hilare, le conducteur s'est penché à la portière :

– Alors, en détresse, la mignonne ? C'est d'une visite au Père Noël que vous revenez, par ce temps ? Allez, grimpez !

C'était humiliant d'avoir à s'asseoir à côté de ce type : il arborait l'air goguenard de celui qui n'ignore rien de ce qui vient d'arriver à sa passagère, hé ! hé ! voyez-vous ça, ces poulettes emmitouflées de fourrures qui s'en vont, sur leurs hauts talons, se faire trousser au fond des bois...

– Et où est-ce que je vous dépose ?

– A l'entrée de la ville, à la station-service, après, je verrai...

Et puis elle s'est fermée comme une huître, elle n'était pas tenue, tout de même, de lui faire la conversation... La radio de bord tonitruait ; comble d'ironie, Renaud chantait *La Tire à Dédé,* ça ne l'a même pas fait rire.

A la lumière jaune des toilettes douteuses, réparer tant bien que mal les dégâts, se recoiffer, se repoudrer, mais comment maquiller ce regard ? Du plat de la main, lisser le renard humide, en chasser les débris de feuilles mortes. Les bas sont pleins d'échelles, les chaussures, elles, sont perdues... Les laver ? oui, puis se rechausser, le cuir détrempé produit à chaque pas un chuintement de ventouse... La pendule consultée, réaliser ébahie qu'il n'est pas si tard, tout ne serait-il donc pas perdu ? Appeler par téléphone un taxi, se faire déposer devant la boutique encore miraculeusement ouverte, sous l'œil narquois de la vendeuse, choisir la première paire d'escarpins vernis venue, jeter les vieux à la poubelle...

A l'heure fixée, pousser la porte tournante du restaurant au bar duquel Didier, pareil à un élégant échassier artistement déplumé, vous attend en sirotant un apéritif. « Une coupe de champagne, ma chérie ? Vous êtes plus ravissante que jamais, ce teint... Auriez-vous passé votre journée au grand air, par ce temps ? Voilà qui vous réussit... Passons-nous à table ? ».

Alors tandis que vous prenez place sur la chaise rembourrée qu'approche le maître d'hôtel, tandis que vous vous extasiez sur la décoration florale et cette ambiance de fête née des bougies, vous le représenter soudain, avec un serrement de cœur, celui qui, pareil à quelque roi mage mystifié, « rentre chez lui par un autre chemin ».

Verdeur ou verdure ?

Bien sûr, elle avait quand même le cœur qui lui battait un peu, Mme Lopez, tandis que, débarquée du train familier, elle s'engageait dans le sentier tant de fois parcouru menant à la villa. Et le fait de se cramponner moralement à cette lettre qu'elle avait dans son sac et qu'elle déposerait tout à l'heure sur la table demi-lune, dans l'entrée, ne l'empêchait pas de ressentir cette anxiété qui vous met au corps comme un fourmillement à l'instant de concrétiser une décision définitive dont on ne sait pas si on ne la regrettera pas par la suite.

Une belle lettre, digne et sobre, pas un mot de trop, que lui avait écrite sa fille Pilar. Parce que pour Mme Lopez, si après tant d'années elle ne se débrouillait pas trop mal avec le français quand il s'agissait de le parler, autre chose était de l'écrire. D'autant qu'à manier la plume, même en espagnol, elle n'était pas aussi à l'aise qu'en passant la patte à poussière. Ça, c'était sa spécialité ! Et sa vieille tante, autrefois, chez laquelle elle allait remettre le ménage en ordre tous les mois, ne le disait-elle pas déjà, quand, sur le seuil de sa porte, Mme Lopez l'embrassait avant de repartir : « Tu vas me manquer, Carmen ! Heureusement que quand tu n'es pas là , je te vois quand même partout, avec ton petit chiffon à la main... ».

Une belle lettre, car Pilar savait s'y prendre, elle qui faisait des études – et qu'est-ce que ça coûtait cher, une fille aux études, et combien d'heures de ménage il fallait accumuler pour faire face à tous ces frais... Mais quelle fierté aussi de voir la signature de votre fille au bas de ces articles écrits par elle déjà dans des revues, même si, aux articles, vous ne comprenez goutte...

Elle aurait bien aimé voir figurer dans la lettre le mot « humiliation », Mme Lopez. Parce que c'était exactement ce qu'elle avait ressenti et qui lui avait fait prendre sa décision. Et puis aussi parce que c'était un mot tellement beau, comme aussi par exemple « ignominie » que le curé prononçait parfois en chaire. Mais l'ignominie n'avait rien à voir dans cette affaire, tandis que bien l'humiliation. Mais Pilar l'en avait dissuadée : « Il ne comprendrait pas, maman, il est à cent lieues de se douter que tu puisses ressentir pareil sentiment. Pour lui, tu es celle à laquelle il dit "Faites ceci, s'il vous plaît" ou "Rendez-moi le service de passer aussi lundi, si cela vous est possible...", et qu'il paie pour son travail. Et vous êtes quittes. Bien sûr qu'il te parle toujours gentiment, poliment, parce qu'il est bien élevé. Mais n'empêche que ton humiliation, il ne verrait pas du tout ce qu'elle vient faire là-dedans ! ».

Elle avait donc renoncé. A contre-cœur. Sans doute Pilar avait-elle raison : elle n'était que la femme de ménage. Encore n'y avait-elle jamais, jusqu'alors, trouvé quoi que ce soit d'humiliant. Mais Pilar, parfois, lui donnait des doutes... Mais la vérité, c'est que c'était elle, Pilar, qui était humiliée de ce que sa mère fasse des ménages, et cela de plus en plus au fil de ses années d'études. Est-ce qu'elle n'était pas en train de devenir gauchiste, Pilar ? Mme Lopez redoutait les gauchistes, ils avaient de belles idées, certes, mais dans la réalité ils lui paraissaient faire plus de mal que de bien.

« Monsieur Pierre, disait donc la lettre, il vous faut vous chercher une autre femme de ménage. J'ai eu beaucoup de plaisir et de satisfaction à travailler pour vous pendant toutes ces années mais, dans les conditions actuelles, cela ne m'est plus possible. Votre dévouée : Carmen Lopez. ».

La villa se dressant tout à coup sur sa gauche, cachée qu'elle avait été jusque là par les immeubles environnants, les chantiers des nouvelles villas en construction, Mme Lopez s'arrêta, les jambes soudain coupées, et laissa choir son sac à ses pieds. Aucun des stores du rez-de-chaussée n'était baissé. Bon, c'est vrai que M. Pierre procédait toujours de même lors de ses continuelles absences : tous ces stores baissés auraient claironné à la ronde que la maison était inoccupée, livrée au premier malandrin venu... Cela n'avait-il pas été la cause, d'ailleurs, de ce cambriolage, quelques jours à peine après l'inauguration de la villa ? Et qui l'avait découvert ? Mme Lopez, évidemment ! Quelle peur elle avait eue, en retrouvant tout sens dessus dessous...

Aussi n'étaient-ce pas les stores levés qui lui avaient produit un choc, mais bien les fenêtres ouvertes, laissant entrer le soleil dans la chambre à coucher et la salle de bains, au premier.

Est-ce que cela signifiait que « la personne » était là , déjà installée dans la maison ?

L'envie lui prit de s'en retourner, de reprendre tout de suite le train descendant qui n'allait pas tarder, de dire à sa copine Elvira qu'elle ne manquerait pas d'y trouver – et c'était tout à fait cocasse, oui, ce ballet des femmes de ménage vivant dans la cité du bord du lac et montant chaque jour travailler dans les villas des hauts puis en redescendant, emplissant à toute heure du jour un wagon, toujours le même et qui paraissait leur être réservé, de leurs joyeux idiômes méditerranéens – de lui dire, donc, à Elvira : « Ecoute, tu ne me croiras pas mais j'ai voulu y aller, et puis j'ai vu quelque chose qui m'a fait penser qu'elle était là, et qu'est-ce que je lui aurais dit, hein ? » – « Mais grosse sotte ! aurait rétorqué Elvira, c'est justement qu'il fallait y aller, ainsi tu l'aurais vue, cette gamine, tu aurais pu nous raconter... »

Car Elvira, qui savait tout, était au courant. C'était même elle qui, un matin, avait lancé à Mme Lopez : « Tu ne sais pas la dernière ? Ton patron, M. Pierre, eh bien il s'est amouraché d'une gamine qui l'enroule autour de son petit doigt, il en perd la boule, tout le monde rigole, non mais tu te rends compte ? un vieux, avec une gamine... Tu ne le savais pas ? ».

Non, Mme Lopez ne le savait pas, et elle s'était offusquée : un vieux, M. Pierre ? Si bien de sa personne encore, si distingué, et puis une notabilité... N'empêche, de se le représenter amoureux d'une minette qui pourrait être sa fille, et même en y réfléchissant bien, presque sa petite-fille (« elle a à peine vingt ans, tu sais », avait précisé Elvira), ça la gênait, Mme Lopez, et puis ça la peinait.

Non, elle ne dirait rien à Elvira. Ça n'était pas dans ses habitudes de rapporter aux autres ce qu'elle voyait chez ses patrons, elle savait ce qu'était la discrétion, « le secret professionnel », comme disait Pilar. Alors que les autres s'en gargarisaient, de commérages, par elles tout le monde était au courant des disputes entre le docteur et sa femme, et des soucis que causait à l'épouse du directeur de banque son fils qui chapardait dans les pharmacies parce qu'il se droguait et quant au pasteur...

Mais quand même, une minette... Le démon de midi, qu'on appelait ça... Et son homme à elle ne les lorgnait-il pas en douce, quand il pensait qu'elle ne le voyait pas, ces petites inconscientes qui se promenaient avec leur mini-jupe au ras des fesses et leur popotin qui se trémoussait comme une invite ? Mais il était sérieux, Juan. Et puis il avait de la religion. Et puis il l'avait elle, Carmen, qui n'était pas si mal quand elle se mettait sur son trente-et-un et l'amour, elle en savait long là-dessus, une fois la lumière éteinte. Si bien que les fillettes, elles pouvaient bien aller proposer ailleurs leurs jolies petites fesses toutes rondes. Alors que M. Pierre, bien sûr, qui vivait solitaire... Quelle idée, aussi, de s'entêter à rester célibataire une vie durant – Elvira croyait savoir qu'il y avait bien eu, autrefois, une Mme Pierre, mais personne ne savait où elle avait bien pu passer – et de se vouer uniquement à son travail, à ses affaires. Bien sûr qu'il recevait des visites, elle n'avait pas les yeux dans sa poche, Mme Lopez ! Certaines d'ailleurs des invitées s'étaient installées pour quelque temps, en vacances, et M. Pierre les avait présentées à Mme Lopez « une amie, Mme Lopez, j'espère que vous rendrez son petit séjour agréable ». L'une d'elles, même, était revenue à plusieurs reprises, belle, distinguée, la classe, quoi ! Avec ça simple, directe, et ne poussait-elle pas la perfection jusqu'à savoir l'espagnol, ce qui avait fait de chacune de ses visites un enchantement pour Mme Lopez qui avait espéré que M. Pierre se déciderait à faire le saut, mais pas du tout, et elle avait trouvé assez cavalière la manière dont il laissait la jeune femme seule dans la villa, partant à son bureau comme d'habitude. L'amie avait dû penser de même car, après deux ou trois de ces séjours peu encourageants, elle n'était plus revenue.

Et maintenant, une gamine...

Pourtant, ce n'était pas cela qui l'avait humiliée, Mme Lopez. Gamine ou pas, elle serait volontiers restée au service de ce patron-fantôme si accommodant. Parce qu'à travailler ainsi à sa guise, elle s'y était attachée, à la villa, ayant fini par la considérer comme un peu à elle, avec tous ces magnifiques objets, ces tableaux... C'était le plus beau ménage dont elle ait jamais eu à s'occuper, et dieu sait qu'elle le bichonnait comme le sien propre. « C'est marrant, maman, disait parfois Pilar, tu vis un peu par procuration... ». Mme Lopez avait dû se faire expliquer, et reconnaître que Pilar voyait juste : quand elle travaillait chez M. Pierre, il lui semblait vivre une autre vie, plus belle que la sienne dont elle était pourtant assez satisfaite.

Assez rêvassé ! Elle y allait, ou elle n'y allait pas ?

Elle y allait.

Résolument, elle ramassa son sac et reprit sa route.

Elle ferait comme d'habitude : elle entrerait avec sa clef, elle déclencherait l'alarme et se mettrait au travail. Et si cette petite était là, eh bien elle lui dirait bonjour, et puis on verrait bien.

La seule chose qui serait différente, c'est qu'en partant, elle reprendrait son tablier et ses gants de caoutchouc qu'ordinairement elle laissait dans le placard à balais, qu'elle poserait sur la table la lettre et qu'une fois l'alarme ré-enclenchée et la porte soigneusement verrouillée, elle laisserait tomber sa clef dans la boîte aux lettres.

Non, en fait, il y aurait autre chose encore de différent : elle ne s'occuperait pas des plantes. Ah mais ! on n'avait pas besoin de lui dire deux fois les choses, à Mme Lopez !

– Je vais rester absent une dizaine de jours, Mme Lopez, lui avait téléphoné M. Pierre.

– Très bien, Monsieur. En plus du vendredi, je passerai donc les lundis et mercredis, comme je le fais d'habitude, après mon travail à la pharmacie, juste pour arroser les plantes.

– C'est gentil à vous, Mme Lopez, mais cette fois-ci, ne vous donnez pas cette peine, quelqu'un d'autre s'en occupera.

Quelqu'un d'autre ? la gamine ?

Son sang n'avait fait qu'un tour, l'aurait-il giflée que ça n'aurait pas été pire.

Les plantes ! Ce à quoi elle s'était le plus attachée, au point de se surprendre parfois à dire « mes plantes »... Mais il était donc aveugle, cet homme ? Il n'avait pas compris que si elles étaient aussi superbes, les plantes, aussi verdoyantes, aussi florissantes, c'était parce qu'elle, Mme Lopez, leur dispensait non seulement l'eau, bien dosée selon les besoins de chacune, et aussi l'engrais, ou l'insecticide, qu'elle achetait sur ses propres deniers, mais encore les paroles gentilles, les compliments, les encouragements, l'amour quoi ! allant jusqu'à les rempoter de sa propre initiative quand elles criaient famine. Il n'avait pas compris, tout au long de ces années, que les plantes étaient ses enfants, à Mme Lopez ?

C'était cela, l'humiliation : que M. Pierre n'ait pas mesuré l'énormité que représentait le fait de confier le soin de ces chéries à la première venue, gamine ou pas. Cela le révélait sous un jour nouveau, inattendu, qui laissait Mme Lopez indignée, ulcérée, comme si intentionnellement il lui avait dissimulé sa vraie nature, qui était celle d'un homme sans cœur et sans sensibilité.

Dès la porte ouverte, l'odeur, inhabituelle, lui sauta au nez. Ou plutôt un bizarre mélange d'odeurs : celle, un peu douceâtre, de cigarettes anglaises ; et puis ce parfum, qu'elle exécrait entre tous, *Poison* de Dior, oui, malheureusement c'était ça. Mais il y avait encore, en-dessous, un autre relent, quelque chose de... de pas franc, oui. Moisissure ? Pourriture ? Elle verrait bien, en passant le plumeau partout.

En tout cas, une chose s'avérait d'ores et déjà certaine : la maison était vide. Pas depuis longtemps sans doute, l'odeur de cigarette était encore neuve. Pas pour longtemps peut-être, vu les fenêtres ouvertes. Mais elle était vide, et Mme Lopez en fut soulagée.

Nez au vent, narines palpitantes, elle se mit en chasse.

Pas dans la cuisine, non : dans la plonge attendait la vaisselle d'un repas à deux, il s'en dégageait bien une légère odeur (saumon fumé ? oui, il semblait bien...) mais rien à voir avec ce qu'elle avait senti dans l'entrée ; et deux coupes à champagne avec sur l'une... mais non, ma parole ! sur les deux, des traces de rouge à lèvres.

Tout en les rinçant (elle n'allait pas mettre de si beaux cristaux dans le lave-vaisselle !) Mme Lopez se surprenait à évoquer des images de ciné-romans dont elle était friande : le couple de beaux amoureux aux bras entrelacés, elle en longue robe de satin, perles au cou, lui en smoking, buvant le champagne pétillant dans la coupe l'un de l'autre, et il y avait des lumières roses partout, et l'orchestre – elle se mit à fredonner – jouait *Le beau Danube bleu...* « Tu rêves, maman, tu rêves, aurait dit Pilar, réveille-toi ! ».

Mme Lopez se réveilla, en termina avec la cuisine, puis rapidement sortit l'aspirateur.

C'était du living que venait l'odeur. Telle un basset en chasse, Mme Lopez, tout en époussetant, en fit le tour. Devant l'ananas en pot, elle s'arrêta pile. Mais c'était lui, le pauvre chéri, qui croupissait dans son cache-pot inexplicablement rempli d'eau à ras bord, et répandait cette puanteur !

Frémissante, l'humiliation darda sa tête du fond de l'estomac de Mme Lopez où elle se tenait tapie, s'épanouit en larges volutes et rugit un sonore juron espagnol. Décidément, rien ne lui aurait été épargné !

Cet ananas, mais c'était sa propre créature à elle ! N'était-ce pas elle qui, ayant un jour recueilli la couronne ornée de quelques feuilles d'un fruit qu'avait dégusté M. Pierre, l'avait déposée dans l'orifice d'un petit bocal empli d'une eau dans laquelle elle avait pris soin de faire flotter un morceau de charbon de bois, pour éviter le pourrissement ? Le petit bocal, elle l'avait emporté dans le local où elle repassait le linge et, chaque semaine, elle s'était émerveillée de voir la couronne pousser des racines. Quand celles-ci lui avaient paru assez développées, elle avait installé dans un pot rempli de bon terreau nourricier cet embryon de plante qu'elle avait ensuite dorloté pendant presque toute une année – et c'était devenu une superbe plante exotique aux fortes feuilles d'un vert bleuté, en forme de lames acérées, qu'elle avait offerte à M. Pierre pour son Noël. Et comme il en avait paru ému, le traître, comme il l'en avait remerciée !

– Choisissez vous-même la place que vous pensez le mieux lui convenir, chère Mme Lopez !

Et Mme Lopez, ayant déniché dans une armoire un joli cache-pot blanc, avait posé le tout sur l'étagère, bien à la lumière, près de la chaîne stéréo. Et voilà maintenant le sort que lui réservait cette petite, à cette merveille !

Les larmes aux yeux, Mme Lopez emporta l'ananas et son cache-pot plein d'eau croupie jusqu'à la cuisine. Ciel ! quelle odeur à se boucher le nez ! Soigneusement, elle vida et nettoya le récipient, puis remit la plante en place, lui prodiguant quelques encouragements mais la conviction n'y était pas, allait-elle vraiment s'en remettre, la malheureuse ? Elle résista à l'envie de l'emporter chez elle, car « donné, c'est donné, reprendre c'est volé » avait-elle appris dès le préau d'école.

Bon ! autant essayer de n'y plus penser. Méticuleusement, elle accomplit les gestes habituels, monta au premier.

Vraiment grand temps de changer les draps du lit ! Les ayant enlevés, elle s'en alla en prendre une paire de propres dans l'armoire de la chambre des visites. Mais... Mais c'est que là aussi, on avait dormi ! Et sans même enlever le beau couvre-lit de soie sauvage... Partout, sur la moquette, sur les meubles, traînaient abandonnés des vêtements féminins, de la lingerie, un foulard, une petite jupe (mini, bien sûr !), une de ces marrantes culottes de cycliste absurdement bordées de dentelle était même restée accrochée à la lampe de chevet. Tout en poussant de gros soupirs, Mme Lopez retapa le lit, lissant du bout des doigts la soie froissée de la courtepointe, ramassa tout ce qui traînait, vida le cendrier, puis retourna en finir avec la chambre de M. Pierre. Elle préférait arrêter de penser.

C'est en descendant les draps sales à la buanderie que soudain elle eut un haut-le-corps : le petit palier séparant les deux volées de marches était à moitié inondé.

Ayant donné de la lumière, elle vit le reste.

Soudain pliée par le fou rire, Mme Lopez, serrant dans ses bras son ballot de linge, dut s'asseoir sur une marche. Ça n'était pas croyable ! Autour de la corbeille d'osier contenant le laurier artificiel (aucune plante vivante n'aurait survécu à la semi-obscurité) quelqu'un avait disposé une épaisse couronne de papier absorbant, qui n'avait pas suffi à pomper l'excédent d'eau.

Mme Lopez en hoquetait, en pleurait de rire. Ainsi donc, celle qui avait été chargée d'arroser les plantes à sa place s'y connaissait si bien qu'elle avait poussé le soin jusqu'à noyer un arbuste en plastique !

Décidément, de beaux jours semblaient se préparer pour M. Pierre... Décidément, la lettre disait juste : « Dans les conditions actuelles, M. Pierre, il ne m'est plus possible de venir travailler chez vous ! ».

Les adieux à rallonges

Mercredi

C'est le téléphone qui m'a réveillée.

Un chien bien dressé n'accourt-il pas dès qu'on le siffle ?

Obéissant à des automatismes semblables, j'ai parfois l'impression qu'au seul écho d'une sonnerie, je me précipiterai encore hors de ma tombe...

Hier pourtant, je m'étais juré de faire la sourde oreille, aujourd'hui, jusqu'à midi. Mais harponnée ainsi en plein sommeil, avais-je la tête à rassembler sur l'oreiller toutes ces bonnes résolutions qui s'y étaient endormies en même temps que moi ?

J'ai donc galopé le long du couloir, lançant des ô ô ô, et puis des â â â, histoire de m'éclaircir la voix pour donner à mon futur interlocuteur bonne conscience : non, non, il ne me tirait pas du lit, j'étais en parfait état de fonctionnement depuis des heures déjà ...

C'était Pascal.

– Quelque chose qui cloche ? ai-je questionné, déjà toute en émoi.

Depuis que Pascal nous est né, – cela fait maintenant quelque trente ans – jamais je ne suis parvenue à me débarrasser de cette anxiété sournoise qui s'est faufilée en moi à l'instant où lui-même en sortait, et qui s'est installée à demeure, peut-être pas vraiment dans mon cœur mais juste derrière, au premier regard jeté sur sa petite gueule désabusée : une réduction de Grand d'Espagne injustement humilié, voilà l'image qu'offrait Pascal dans son berceau. Depuis, dès qu'il s'agit de lui, je me découvre instantanément – avec une stupeur renouvelée, car ce n'est pas du tout mon style habituel – des dispositions de mère chatte s'apprêtant, toutes griffes dehors, à défendre sa progéniture. Il le sait, et s'en accommode.

– Eh !... m'a-t-il rassurée, tu vas, tu vas, tu t'affoles... Je viens juste te demander si tu m'invites à déjeuner...

– Bien sûr ! ai-je acquiescé.

J'aime bien quand Pascal passe : cela remet un peu de cohérence dans mes programmes souvent anarchiques. Et puis il m'apporte des échos d'un monde différent de celui dans lequel je ronronne.

Posé le récepteur, j'ai consulté ma montre afin d'évaluer le temps dont je disposais pour élaborer un menu convenable. Elle marquait sept heures trente. Incrédule, je l'ai portée à mon oreille : elle fonctionnait. Incroyable ! Moi qui m'étais promis de n'y être pour personne avant midi... La stupéfaction m'a coupé les jambes. Le soulagement aussi : Dieu merci, ce n'avait été que Pascal, mais le premier venu aurait pu me piéger ainsi de même.

Le soir avant donc, j'avais pris toutes mesures susceptibles de m'assurer un sommeil de plomb, me couchant abominablement tard après avoir ingurgité tout ce qui restait d'alcool dans l'appartement. Pas grand'chose en somme, un dé à coudre déjà m'enivre : un vieux fond de porto, un verre de beaujolais qui attendait une sauce, et le solde d'une mixture sirupeuse et parfumée comme une eau de toilette qui stagnait dans un bocal où j'ai mis à macérer, un jour, des feuilles d'estragon dans du cognac, dans l'idée d'en confectionner l'un de ces sorbets bizarres que l'on vous sert, dans les restaurants nouvelle vague, entre hors-d'œuvre et poisson. Ces modestes libations avaient suffi à me précipiter dans une sorte d'hibernation dont j'aurais dû, théoriquement, n'émerger que douze heures plus tard.

Eh bien, c'était raté.

Il se remettait d'ailleurs à sonner, cet engin perfide. Lui tournant résolument le dos, je suis allée prendre ma douche. Pendant que je m'ébrouais sous l'averse, puis que je m'habillais, il a remis ça une bonne douzaine de fois, alternant les appels stridents avec quelques instants de silence, pour reprendre de plus belle. Superbement, je l'ignorais.

Attrapant mon couffin, ma bourse, mes clefs, je suis sortie, le laissant seul. Tandis que j'attendais l'ascenseur, au travers du vantail je l'entendais qui grésillait encore. J'étais très fière de ma force de résistance.

Jour de marché.

Le temps pour moi de dénicher ces plants de basilic à installer sur mon balcon pour m'y croire en Grèce ; le temps de siroter un petit café à la terrasse du Barbare en feuilletant la presse ; le temps de me baguenauder jusqu'au fin fond de la rue de l'Arc où j'espère trouver une bonde de remplacement pour mon vinaigrier, la matinée serait bien avancée, je ne courrais plus guère de risques.

Je savais parfaitement qu'avant son départ, Jérôme entendait me renouveler téléphoniquement ses adieux, et Dieu sait que je n'y tenais pas.

N'avais-je pas pris congé déjà, deux jours plus tôt, non pas de ce mari fugueur qu'il s'apprêtait à être, mais de mon mari, « normal », partant normalement pour son bureau ? Nous nous étions embrassés tendrement comme à l'accoutumée, si tendrement même que, brusquement tout émue, j'avais ajouté comme malgré moi au traditionnel « Bonne journée ! » un presque inaudible « ... et puis bon voyage quand même, aussi !... ». Le temps qu'il descende au garage, déjà j'étais sur le perron pour, au passage de la voiture, lui dédier un gentil petit signe de la main assorti de mon plus beau sourire, et puis l'auto avait disparu au tournant. C'était parfait, j'avais été à la hauteur.

– Et d'un !... m'étais-je dit.

Et j'avais bouclé mon sac pour rentrer chez moi.

Je déteste les adieux à rallonges. Je veux dire, lorsqu'il s'agit du prélude à ces sortes de départs-là.

« Ah !?... s'exclame belle-maman après qu'elle a lourdement insisté pour savoir où se rend Jérôme, et ce qu'il va y faire, et quand il rentrera, et pourqui je ne l'accompagne pas, et n'a tiré de moi que des réponses évasives. Ah ?... Parce que, si je comprends bien, il s'agit de nouveau de vacances privées ? ».

Eh oui ! Et il a bien fallu que je m'y habitue depuis que cette bête d'histoire – à rallonges, elle aussi – a bouleversé notre vie de couple, voici une dizaine d'années.

Je ne vais pas prétendre accepter de gaîté de cœur que Jérôme s'offre des vacances en compagnie d'une autre femme. Soyons donc franche : je m'y soumets, de mauvaise grâce, mais je m'y soumets. N'avons-nous pas réussi, à ce prix et au prix d'innombrables concessions et tours de force, à sauvegarder entre nous l'essentiel : l'affection, la tendresse, l'estime, disons en un mot une « prédilection » réciproque, et puis tous nos beaux souvenirs ? Un peu sottement idéaliste, je m'efforce de me persuader que tout le reste n'est que balivernes, et j'y parviens parfois.

Mais cette manie qu'a Jérôme de m'annoncer ses fugues des semaines à l'avance, d'insister pour que je les porte à mon agenda, d'y faire ensuite mainte allusion pour que je n'aille pas, les oubliant, programmer à cette date des réjouissances familiales ; puis, l'échappée devenant imminente, de me préciser une fois encore que cela ne revêt plus la moindre importance à ses yeux, qu'il est bien éloigné de la passion des débuts (« oui, oui, il l'admet, il nourrissait dans les commencements une passion pour Gerda, une passion irrépressible qui l'a conduit aux excès que l'on sait, mais c'est bien fini, ça se situe désormais sur un tout autre plan, Gerda n'est plus qu'une amie, un point c'est tout, une amie qui a besoin d'aide et d'un peu d'attention, et il n'est pas homme à refuser cela à qui que ce soit, et qui la sortirait de temps en temps de son trou, la pauvre – et tu dois bien reconnaître que c'est de moins en moins souvent – si ce n'est lui qui n'a fait, en somme, qu'apporter inconsidérément davantage de trouble encore dans cette existence déjà anormalement perturbée... Et dans la tienne aussi, je le sais bien, ma pauvre chérie, mais ne peux-tu faire un effort pour comprendre que nous, ça n'est pas du tout la même chose, ça n'a aucun rapport et cætera... »).

Et puis vient le lundi précédant son départ. Et là c'est assez facile puisqu'en fait c'est moi qui m'en vais, rentrant comme de coutume chez moi, dans mon appartement de ville, notre vie commune, à Jérôme et à moi, se limitant, depuis l'irruption de Gerda, aux week-ends que nous passons chez lui, à la campagne. A deux, ou en compagnie des enfants, voire d'amis.

Mais c'est ensuite qu'il tient à me dire, et redire, et re-redire au revoir par téléphone. Et lorsque ses vacances débutent comme souvent un vendredi, cela fait beaucoup d'éditions qui usent ma patience, ma bonne volonté et toutes mes dispositions à la compréhension. A la première mouture, je parviens à me comporter normalement ; à la seconde, je suis sur les dents ; à la troisième, j'éclate.

Parce que ces fugues, c'est chaque fois pour moi

comme un accouchement laborieux : c'est la tête – le départ – qui passe le plus péniblement, après, le corps – l'absence – glisse sans presque que je m'en aperçoive. Peut-être au fond n'est-ce pas – n'est-ce plus – l'infidélité de Jérôme qui me choque, mais bien le fait qu'il soit capable, l'œil clair et la parole aisée, de m'en préciser les circonstances...

Mais peut-être, pour tant renouveler ses adieux, faut-il que Jérôme ne soit pas très sûr de son affaire, s'efforçant par cette accumulation de preuves préalables de conférer une réalité tangible à un projet n'ayant pas encore dépassé le stade des vélléités ? Peut-être hésite-t-il encore ? « Ah ! va-t-il s'exclamer tout à coup, au diable tout cela, au fond je n'en ai pas envie, de ces retrouvailles stupides, c'est avec toi que je rêve de m'évader, allez ! fais ta valise ! ».

Mais va te faire lanlaire : obstiné, il part ainsi qu'il a fini par se persuader de le faire. Et quand aucun lapin n'est sorti du chapeau, j'ai beau jouer les indifférentes et me fredonner une petite chanson, je suis laminée.

Ainsi nous quittons-nous mécontents l'un de l'autre. Parce que pendant tout ce temps, ce que Jérôme a espéré, c'est que je ferais une scène. « J'ai horreur des scènes ! » affirme-t-il pourtant. Mais qu'une bonne fois je m'y laisse aller et il peut enfin se poser en victime et me faire mesurer l'ampleur de ma mesquinerie, de même que l'art pervers avec lequel je reprends d'une main ce que je donne de l'autre. Ah ! nous y voilà donc ! C'était bien joli de jouer les grandes âmes, de claironner « Tu es libre ! » pendant toute la période où rien ne l'exigeait pour, au moment où, se fiant à ma bonne foi, il en fait maigrement usage, de cette liberté, la lui reprocher comme une mauvaise action !

Alors tant que je présente un front serein, il rêve du moment où ma voix vengeresse couvrira celle de ses timides remords. Il me pousse ainsi à bout jusqu'à cette minute ultime où il ne lui reste vraiment plus autre chose à faire que prendre la route.

Ainsi hier, ce mardi faisant suite à nos adieux « officiels », il m'avait soudain appelée dans la matinée : il venait en ville pour ses affaires, une petite dînette chez moi, à deux, ça ne me tentait pas ?

Non, ça ne me tentait pas vraiment.

Un rendez-vous chez le dentiste, avais-je prétexté, je n'aurais pas le temps de préparer un repas. Qu'à cela ne tienne, il passerait pour le café. Désarmée, j'avais accepté.

Une matinée harassante, s'était-il exclamé en tombant dans un fauteuil. Et ce qui l'attendait l'après-midi ne serait guère plus réjouissant, il avait bien droit à une petite pause, non ? à un petit repos du guerrier ?

Là, j'étais bien d'accord car la vie professionnelle de Jérôme n'est souvent qu'un buisson d'épines.

Tout en le prenant, ce café, nous avions, paisibles, regardé ces photos de mon dernier voyage, que je venais de recevoir. Il avait trouvé que j'avais vu là « de bien belles choses », et qu'ils avaient « de bien bonnes têtes », ces compagnons de hasard que j'avais rencontrés là, et que nous avions l'air, ma foi ! de « bien nous amuser ensemble », et que j'avais en somme « bien de la chance » – et tant mieux d'ailleurs, il s'en réjouissait, il était heureux que ces conditions particulières régissant désormais nos rapports aient au moins cette conséquence positive, et certes il n'allait pas souhaiter que je partage cette vie de forçat qui était la sienne ! Il avait dit tout ça d'un air profondément accablé et je commençais à me sentir toute coupable de mes petits bonheurs tranquilles. Seulement voilà : si c'est lui qui se l'est choisie, sa vie, c'est lui qui, du même coup, m'a imposé la mienne. Et il ferait beau voir que je ne l'agrémente pas de plaisirs annexes qui ne remplaceront cependant jamais la plénitude que nous goûtions à vivre ensemble, avant...

Soudain, il avait tiré son chéquier de sa poche.

– Et moi qui allais oublier ! s'était-il exclamé en se frappant le front. Après-demain, il y a le vernissage de ce peintre philippin, mais si, tu sais bien, je t'en ai parlé, j'ai vu quelques-unes de ses toiles lors de mon voyage là-bas, l'an dernier. C'est exactement le genre de peinture auquel je ne puis résister... Tu y vas à ma place, tu achètes ce qui te plaît, je te fais confiance, nous avons les mêmes goûts. Tiens, je t'établis un chèque en blanc.

– Ça se situe à quel niveau ? m'étais-je enquise.

Le montant énoncé m'avait paru si astronomique que j'avais émis un petit sifflement.

– Ne fait pas ça... avais-je murmuré.

– Mais si, mais si, j'y tiens absolument !

– Ne fais pas ça, avais-je insisté plus haut. Je veux dire, le chèque en blanc...

Il avait fait « tss, tss » et m'avait fourré le papier dans la main. Et puis tout à coup, il s'était approché de moi, tout près, se penchant en appuyant une main au dossier de mon fauteuil, d'un air à la fois contrit et plein d'espoir. Tiens, tiens ! m'étais-je dit, et mon cœur s'était mis à sauter. « Tu vois, avait-il confessé tout penaud, tu vois : j'ai de nouveau taché ma cravate, je ne sais pas comment je m'y prends... Tu crois qu'avec un peu de terre de Sommières...

– La terre de Sommières, avais-je réussi à proférer doctement, il lui faut des heures pour agir. Et d'abord, c'est quoi ? De la sauce à salade ?

– Peut-être bien...

– Allez, donne-moi ça ! avais-je ordonné, résignée ».

Déposant la cravate sur la table de cuisine, j'étais allée quérir le petit bocal ; soigneusement, j'avais saupoudré la tache. Mieux valait m'en occuper tout de suite sous ses yeux, l'idée que cette cravate manquerait à son retour était capable de lui gâcher ses vacances... Et puis j'étais allée en cueillir une autre dans un placard, une semblable, bordeaux, unie, et la lui avais passée autour du cou. « Tu vois que j'ai raison de laisser quelques effets chez toi » s'était-il félicité en élaborant son nœud.

Après ? Eh bien il m'avait embrassée, je l'avais accompagné jusqu'à l'ascenseur, quand à travers la vitre je n'avais plus aperçu que sa tête affleurant le palier, je lui avais encore fait signe, je lui avais encore souri, il m'avait rendu mon sourire. Me précipitant sur le balcon nord, je l'avais guetté qui sortait de l'immeuble, qui entrait dans sa voiture, qui démarrait en marche arrière, qui amorçait le tournant menant à la rue, j'avais agité mon mouchoir au moment où il s'était inséré dans la file des autos, un instant sa main avait flotté à la portière, il avait disparu.

– Et de deux ! avais-je dit tout haut, en me promettant qu'il n'y aurait pas de troisième édition.

Et traversant l'appartement en flèche, j'avais passé sur le balcon sud pour aller converser avec les plantes, histoire de me donner contenance face à moi-même.

Il faut reconnaître que mes daturas prospèrent admirablement. Leurs feuilles sont presque aussi grandes que celles des bananiers, ils arborent des dizaines de fleurs et des masses de boutons, parfois si minuscules encore qu'on s'émerveille à la pensée de l'immense corolle qu'ils contiennent en miniature...

C'est grand-mère qui m'a inoculé sa passion pour les daturas. Je l'ai toujours vue en cultiver. Incompréhensiblement, beaucoup parmi mes amis les dénigrent : « Tu n'es pas raisonnable, tu finiras par te casser les reins à transporter, à l'automne, ces bacs si pesants à l'intérieur...

– ... Mais c'est toxique en diable, ces arbustes, hallucinogène, parfaitement ! Tu joues au trafiquant, ou c'est pour ton usage personnel ? Attention aux réactions : démence et délire assurés !

– Tu es en contravention avec la loi contre les stupéfiants : leur culture est interdite, tout comme celle du chanvre. Tu auras l'air de quoi si un jour ta concierge, ta voisine, te dénoncent ? ».

Ou d'autres, quand je m'extasie devant ces immenses cloches parfumées à la chair onctueuse comme une crème à la vanille pour l'un, suave comme un sorbet à la mangue pour l'autre ; quand je leur donne à respirer ce parfum unique, somptueux, capiteux, envoûtant certes avec – je le confesse – une note un peu sorcière :

– Exquis, d'accord... Mais tu admettras que c'est quand même un peu disproportionné, un peu ostentatoire, non ? cette profusion de cornets de trente centimètres accablant des arbrisseaux de moins d'un mètre...

Je les laisse dire... Ils ignorent que lorsque je dors sur mon balcon, par les chaudes nuits d'été, le parfum de mes daturas me fait m'embarquer pour des croisières de rêve. A chacun ses évasions...

J'avais dit aux pucerons que j'avais découverts prenant leur bain de soleil sur les feuilles velues :

– Vous ne me faites pas peur, et à eux non plus ! Ils sont bien trop vigoureux pour que vous autres, pauvres minables, pauvres roublards, vous leur causiez le moindre dommage ! Je sais bien qu'à l'automne, ils les perdront toutes, leurs fleurs et leurs feuilles, qu'ils ne seront plus, tout au long de l'hiver, que des espèces de mâts à l'écorce rugueuse, qu'on pourra les penser morts. Mais moi, je saurai qu'ils sont seulement en train de dormir, de récupérer, de rassembler leurs forces pour renaître au printemps. Alors que vous, vous serez bel et bien détruits par le froid !

Mais je ne discourais aussi fermement que pour me convaincre moi-même et rassurer mes arbustes. Car la traîtrise de ces parasites, je la connais : durant toute la belle saison, se terrant juste quelques heures quand je vaporise l'insecticide, ils mettent allègrement au monde des myriades de petits vivants et batifolants. Mais le croirait-on ? Juste avant la première gelée, avertis par quelque instinct malin, les voilà-t-il pas qui pondent, les misérables, qui pondent des œufs ! Et qu'ils les enfouissent n'importe où, ces œufs, en terre ou à l'aisselle de quelque rameau, bien à l'abri. Au premier soleil, crac ! les sales bestioles (ou les merveilles de la nature ingénieuse ?) brisent leur cloison fragile. Et tout recommence...

J'ai parfois l'impression qu'il en va de même de mes tracas... Je les ai à l'œil, pourtant, les empêchant par tous les moyens possibles de me sucer ma sève, de me faire jaunir de jalousie, de détruire mes racines et de faire en moi leurs petits. Je les noie dans tout ce que j'ai à disposition, occupations, distractions, amitiés. Je m'immunise : générosité, force d'âme, altruisme, dignité – ou orgueil ? –, tout y passe, je m'en crois débarrassée.

Et ne voilà-t-il pas que le dernier à rendre l'âme a trouvé le temps et la force de pondre un œuf à mon insu, le déposant dans le cœur de Jérôme... Profitant d'un matin où le ciel est frais comme l'œil, où paisiblement nous devisons de tout et de rien, le voilà qui éclôt, se faufile en douce dans son gosier, à Jérôme, sort par sa bouche « ... et Dieu sait que je n'aime pas t'en parler mais pourtant il le faut : "elle" ne va pas bien, tu sais, "elle" déprime... » et hop ! saute dans mon cœur à moi et se met à y proliférer.

J'avais ensuite passé l'après-midi à toutes sortes de travaux dérisoires entrecoupés de rêveries, errant sans but dans l'appartement comme cela m'arrive de plus en plus souvent, ne faisant rien d'autre que commencer des choses et ne les point finir, stratagème auquel j'ai recours quand je veux pouvoir prétendre, la journée terminée, qu'un beau programme d'actions utiles me reste à accomplir le lendemain.

Quand la nuit était tombée, je m'étais assise à ma table et, comme chaque soir, j'avais écrit à Jérôme, lui confiant ces belles pensées élevées et poétiques, ces nostalgies aussi, dont je n'ose plus, maintenant, lui faire part lorsque nous sommes ensemble. Parce que ce serait une manière de l'attacher, de peser sur lui, et qu'en dépit de ces critiques acidulées que trop souvent j'émets, en dépit de mes réactions d'agacement dues à notre mode de vie actuel qui me convient mal, eh bien, c'est libre que je l'aime.

Mais j'avais écrit aussi, quand même, que de cette liberté, il pourrait faire meilleur usage. Parce que se noyer ainsi dans son travail comme dans un prétexte, comme dans une fuite ; courir sans cesse le monde à la recherche de nouveaux marchés ; assister à toutes sortes d'assemblées générales et de comités aussi ennuyeux qu'inutiles ; se nourrir au rebours du bon sens en compagnie d'Américains, de Japonais et autres Turcs assommants, cela avait pour conséquence que nous passions nos rares loisirs à déplorer mélancoliquement ses malaises tant physiques que moraux, au lieu de savourer les joies légères que chaque jour tient en réserve.

Et aussi que sa manière nouvelle de nous considérer tous – les enfants, et Gerda, et moi-même – comme autant de responsabilités supplémentaires à assumer, au lieu de s'en remettre à nous pour ce qui avait trait à son confort, à sa détente, à son bonheur pour tout dire, à nous qui aspirions tous à représenter pour lui des îlots verdoyants dans son océan de soucis, c'était bien injuste. Pourquoi s'obstinait-il à se considérer comme tenu de toujours prendre les autres en charge, et refusait-il de s'abandonner parfois à ceux qui l'aimaient ?

Et puis j'avais reconnu qu'au fond, tout au fond, je ne souffrais plus vraiment, ce n'était plus qu'en surface, épidermique, ou alors relevant non plus de l'amour, mais bassement de l'amour-propre. Et qu'il pouvait prendre autant de vacances qu'il voulait, ça lui ferait du bien ; et les prendre avec qui ça lui chantait, pourvu qu'il en revienne un peu plus content, un peu plus détendu, un peu plus conciliant. Quant à moi, il n'avait aucun souci à se faire : je profiterais de ces trois semaines pour l'oublier un peu, pour simplement jouir du temps, du vent, des gens, de la vie, quoi !

Rien que d'écrire tout ça m'avait complètement requinquée. J'avais déchiré tous ces feuillets ainsi que je le fais chaque soir, et les avais mis à la corbeille.

Et puis j'avais bu le fond de porto, le verre de beaujolais, le solde de liqueur à l'estragon, tout en fumant une petite cigarette, assise sur mon balcon à contempler le lac qui s'endormait, et les lumières de la Savoie, en face. Sur l'eau plate, un bateau illuminé comme pour une fête traçait un sillage brillant. Fouettés par une petite brise, des nuages accouraient du fond de l'horizon ; quelque part tout près, quelqu'un s'essayait à jouer de la flûte douce. Il règnait une grande paix.

Ayant rentré ma chaise et fermé la porte-fenêtre, je m'étais couchée contente, assurée de ne m'éveiller, par la magie de mes naïves petites ruses, que très tard le lendemain, quand Jérôme, déjà, serait bien loin.

N'empêche que je l'ai échappé belle : un peu plus et j'avais droit, trop tôt levée, à une nouvelle version des adieux !

Que m'aurait dit Jérôme ? Quel viatique m'aurait-il laissé pour ces trois semaines à vivre sans lui ? Laquelle de mes sublimes pensées aurait-il choisie pour l'accompagner dans son périple avec une autre ? :

– Les géraniums, je les laisse sur la terrasse ?

– Non, aurais-je précisé une fois de plus. Ils y rôtiraient si le beau temps s'installe. Tu les transportes sous l'auvent, près du garage. Je viendrai les arroser, je te l'ai promis. Je vérifierai par la même occasion si tout est bien en ordre.

Alors que je rentrais du marché, pendant que je cherchais mes clefs égarées parmi les choux de Bruxelles, à travers la porte j'ai entendu la sonnerie.

Jérôme étant déjà à des kilomètres de distance, ce ne pouvait en toute logique qu'être quelqu'un d'autre.

Je fais toujours des paris quand je cours répondre, et déteste décrocher sur le vide. Bien que m'énervant sur la serrure récalcitrante, je suis arrivée avant que se taise l'appareil.

– Tu te cachais ? a questionné la voix narquoise de Jérôme.

– Et pourquoi devrais-je me cacher ? ai-je jésuitiquement rétorqué. C'est jour de marché, je suis tout simplement sortie de bonne heure.

– Tout le monde te cherche, ton amie Nina, ne te trouvant pas chez toi, a téléphoné ici, elle voulait, je crois, te lire son dernier poème.

– Je vais la rappeler. Mais toi, d'où me parles-tu ?

– Mais d'ici, de chez moi. Eh oui, j'ai pris du retard, j'en suis encore à boucler mes valises. Il faut dire que je n'ai pu m'empêcher de vite passer encore au bureau, je n'étais pas tranquille. Bien m'en a pris : ils se sont tous pointés avec des questions de dernière heure... A croire, ma parole, qu'ils se liguent tous pour me donner mauvaise conscience ! Pourtant, je te jure bien qu'aucun d'entre eux n'y renonce jamais, à ses vacances !... Ah ! La nouvelle secrétaire a dû être hospitalisée, elle en a bien pour trois semaines...

– Tant de présence d'esprit déjà chez une aussi jeune personne ? Bravo ! Elle se sera dit qu'en ton absence, elle n'aurait de toutes manières pas grand'chose à taper...

– Et mon budget ? Qui va s'en occuper ?

– Oh ! Et puis, zut ! Qu'ils se débrouillent !

– C'est bien ce que je leur ai dit ! Bon... Je voulais encore te demander : les primevères...

– Quelles primevères ? ai-je glapi. Il y a belle lurette que les primevères sont passées, où diable vas-tu en chercher ?

Rien ne m'exaspère davantage que d'entendre affubler les fleurs de noms qui ne sont pas les leurs. Dans ce domaine, je suis une maniaque, Cécile déjà le disait : – Pourquoi ne peux-tu simplement dire "giroflées" comme tout le monde ?

– Mais parce que "giroflées" et "épilobes", ça n'est pas la même chose, expliquais-je.

– Pédante ! lâchait-elle.

– Mais enfin, plaidais-je, si quelqu'un s'avise d'appeler ton fils Jules alors que tu as eu l'étrange idée de le baptiser Gaëtan, tu protestes...

– D'abord, les fleurs ne sont pas tes enfants. Ensuite, ce n'est pas toi qui les as baptisées !

Terrassée par des arguments aussi spécieux, je m'esclaffais. Ainsi naissaient souvent nos proverbiales crises de fou rire... Pauvre Cécile ! Nos escarmouches me manquent, c'est tout un pan de ma vie qu'on a enseveli avec elle... Existe-t-il liens plus forts que ceux qui se tissent entre deux sœurs ?

L'évocation de Cécile avait permis à deux ou trois larmes qui, depuis le début de cet entretien stupide, ne demandaient qu'à couler, de venir me piquer les paupières...

– Cette caisse, avec des fleurs violettes, insistait Jérôme, imperturbable.

– Ce sont des saintpaulias, ai-je piteusement gémi, des saintpaulias qui se reposent. Elles craignent le soleil.

– Peut-être bien, mais toujours est-il que tu les as déposées sur la fenêtre d'angle. Quand j'aurai baissé le store, on ne pourra plus les atteindre pour les arroser. Or, il faudra bien les arroser, non ?

– On les atteindra par le balcon de la cuisine, l'ai-je rassuré.

J'avais eu le temps de renifler.

– Mais bien sûr, suis-je bête ! Par le balcon... Puis-je te rappeler que la femme de ménage vient le lundi, et qu'elle a horreur de travailler dans une maison déserte ?

– Je sais, ai-je modulé. Je lui ai déjà téléphoné que je serai là pour lui tenir la main, qu'elle peut venir sans crainte.

– Parfait ! m'a-t-il félicitée, tu penses à tout !... Tu sais, les roses commencent à fleurir, c'est idiot mais j'aurais bien aimé en profiter...

– On ne peut pas tout avoir... me suis-je laissée aller à persifler. Et puis elles seront encore superbes à ton retour.

L'envie m'a prise de lui souhaiter que ce soit bien là la seule floraison que son absence lui fasse manquer... Mais à quoi cela aurait-il servi ? Il n'est pas homme à imaginer ma rencontre, au cours de ces trois semaines, avec un quidam rêvant de faire refleurir cette femme qu'il laisse en friche... Je n'allais pas ruiner par cette remarque menaçante le bel édifice de mes patiences.

– Alors-à-bientôt-a-t-il-dit-à-bientôt-ai-je-dit.

Et de trois... ai-je compté en reposant l'appareil.

J'étais vidée, je me suis dit que je pouvais bien me payer le luxe de pleurer un petit moment. Mais Pascal n'allait pas tarder, aussi me suis-je bornée à allumer une cigarette, ce que d'ordinaire je ne me permets jamais le matin.

Me restait la consolation d'écosser les petits pois.

J'adore écosser les petits pois : le bruit de tambour qu'ils produisent en rebondissant dans la jatte de faïence me met en joie parce qu'il me ramène au temps béni où nous procédions ensemble à ce travail délicieux, grand-mère et moi. Elle était assise dans son vieux fauteuil d'osier, et moi sur un petit banc à ses pieds, m'appuyant à ses genoux. Les gousses éclataient sous nos doigts avec une détonation menue, mais parfois l'une d'elles émettait un bruit plus sonore, assez inconvenant, que grand-mère – plus gamine encore que moi – reproduisait avec sa bouche en l'amplifiant et nous pouffions alors toutes les deux si fort que parfois je tombais du petit banc, me roulant par terre de rire... Les petites filles, de nos jours, ont-elles encore la chance de pouvoir écosser les petits pois en compagnie de leur grand-mère ? Les surgelés ont conquis le marché...

Un peu plus tard, m'étant mise à éplucher les radis, j'en ai grignoté deux trois feuilles – « un vrai petit lapin ! » disait déjà grand-mère en branlant la tête – et cela a fini de me revigorer.

Quand Pascal est arrivé, la sorte de coup d'œil qu'il m'a lancé m'a fait deviner qu'il ne m'estimait pas au mieux de ma forme, cependant. Nous avons parlé de tout et de rien, de cinéma, de ce vieux batteur de jazz, assez célèbre, qui venait de mourir, ça le peinait, il l'aimait bien. Il m'a raconté quelques-unes de ces histoires cocasses dont il a le secret. Il n'est parti qu'après m'avoir vue rire sans effort. Il m'a juste serré un peu l'épaule en m'embrassant mais, sachant que je déteste qu'on me plaigne, il ne s'est pas apesanti.

Le soir, j'ai pris de grandes feuilles de papier bleu tout propre, et j'ai écrit à Jérôme pour lui dire quand même, tant je trouvais la formule heureuse et regrettais qu'elle n'ait pas de public, que j'espérais pour lui que la floraison de ses roses serait bien la seule que, et cætera.

Et puis sur ma lancée, je lui ai dit que décidément, sa « vie de forçat » lui desséchait le cœur et le rendait, lui autrefois si sensible, si attentif à ne blesser personne, désinvolte, oui, désinvolte. A preuve, sa manière de me parler de cravate, de jeune secrétaire hospitalisée, de fausses primevères et de femme de ménage impressionnable alors qu'il me savait toute tourneboulée par son départ. Je dirais même plus : qu'il comptait bien que je sois tourneboulée par son départ. Parce qu'il savait bien que le jour où ses escapades me laisseraient de marbre serait également celui où il me serait devenu complètement indifférent et que ça, il le supporterait difficilement. J'ai écrit aussi que si l'on voulait bien considérer les choses impartialement, sa sollicitude pour la malheureuse Gerda se mesurait à la même aune. Car enfin, songeait-il parfois à l'effet que cela devait produire à la chère âme d'être ainsi, de temps en temps, tirée de son « trou » – pardon ! l'expression n'était pas de moi – du trou donc dans lequel elle végétait, aux seules fins de voir un peu de pays, certes, mais aussi de lui apporter, à lui Jérôme, sa compagnie au cours de furtives échappées qu'il ne pouvait s'empêcher de considérer comme frauduleuses, si agrémentées de palaces et autres cocotiers qu'elles pussent être ; puis de retourner s'y terrer, dans son trou, en disant merci ? (Mais tout ce passage, je l'ai tout de suite déchiré et jeté à la corbeille parce qu'après tout, ce sont là leurs affaires et non les miennes).

J'ai pris une autre feuille de papier bleu pour dire que, tout bien pesé, je préférais être à ma place qu'à la sienne à lui, parce qu'au moins j'étais encore capable, moi, de m'émerveiller du chant d'un merle ou de l'œil orange et fixe du pigeon à la gorge chatoyante qui s'était perché sur la fenêtre de ma cuisine, tandis que j'épluchais les radis ; ou encore de la huitième dent de notre petit-fils. Je ne réclamais pas la lune, moi. Tandis que lui, dans cet état où, les yeux ouverts, il s'était précipité, je doutais fort que même ses retrouvailles avec sa belle Madame fassent, à son thermomètre sentimental, monter plus haut le mercure dans sa petite colonne que mes ménagères arrivées chez lui, chaque vendredi, par l'inamovible petit train de dix-huit heures quarante.

J'écrivais tout ce qui me passait par la tête, en vrac.

Y compris que nous avions été de bien belles sottes, Gerda et moi, de ne pas nous liguer, de ne pas nous amuser ensemble à lui jouer des tours pendables pour lui apprendre à disposer ainsi du cœur des femmes, à les rabaisser au rôle de petits animaux de compagnie auxquels on ordonne « Viens ici ! Donne la patte ! Fais la belle ! Amuse-moi ! Va dormir, tu m'ennuies ! J'aime mieux l'autre ! ».

Et cette fois-ci, je me suis donné le plaisir de glisser tous ces feuillets dans une enveloppe, sans les relire. En belle calligraphie, j'y ai tracé le nom et l'adresse de Jérôme, j'y ai collé un timbre, puis je suis sortie dans la nuit, afin de jeter le pli dans la boîte postale toute proche.

Quand elle y est tombée, la pauvre, elle a produit un petit bruit sec et métallique qui m'a fait mal augurer de sa capacité à supporter la solitude dans le noir, et je l'ai plainte un peu. Pour la rassurer, je lui ai murmuré :

– Ça n'est qu'un mauvais moment à passer... Après, tu vas faire un beau petit voyage, d'abord en train, ensuite dans la camionnette du facteur qui est un bien brave homme, ensuite tu auras la chance de passer quelques jours dans la belle boîte aux lettres de Jérôme, en pleine campagne, et ça sentira le foin tout alentour, de vraies vacances ! Et lundi prochain, je te le jure, c'est moi qui te récupérerai quand j'irai tenir la main de la femme de ménage.

Mais je me suis bien gardée de lui révéler que ce jour-là aussi, je la déchirerais.

La laissant à sa solitude, j'ai repris la mienne et suis allée faire un tour dans le parc.

– C'est de la provocation, me disent mes amis, tu sais très bien que les malandrins y fourmillent la nuit !

Aussi bien, se passant la consigne, les flâneurs l'abandonnent-ils dès la tombée du jour. Et bien fou, me semble-t-il, le voyou qui s'y mettrait à l'affût du néant.

– Mais justement, me rétorque-t-on, cette sorte-là de fous, à notre époque, pullule...

Née coiffée sans doute, je n'en ai jamais croisé.

Il m'est nécessaire, ce parc, vital... Le balcon, c'est déjà pas mal. Mais le parc...

Parfois, la nuit, je m'y étends sur les pelouses. Parfois, je me love à la fourche basse d'un hêtre. Je sens l'arbre qui vit, le long de mon dos, sous mes fesses, contre mes épaules. Il m'est arrivé de m'y endormir, et de me réveiller ensuite crucifiée par les crampes...

J'ai fait le tour de la volière. Elle était vide bien entendu, les oiseaux avaient tous trouvé refuge dans leur maisonnette, mais cela m'était bien égal : ce ne sont jamais que des oiseaux privés de liberté, un peu en représentation. La volière, de jour, c'est un spectacle. Et je n'avais ni envie, ni besoin d'un spectacle, par une telle nuit.

Je me suis assise sur l'un des bancs, près des chevaux articulés tout bêtes, là sous la lune, sans enfants leur prêtant la surabondance de leur vie au cours des journées. Sur la porte des écuries muées en remise pour les outils des jardiniers, une tête chevaline sculptée avait l'air mélancolique, toute grise et mate. L'eau bruissait dans le bassin.

Je suis rentrée me coucher, très vite.

Jeudi

Les salons du Palace étaient bondés déjà lorsque nous sommes arrivées pour le vernissage, Nina et moi.

Nous nous étions faites toutes belles, mais sans parvenir à égaler ces dizaines de beautés miniatures, scintillantes de bijoux somptueux, dont les longues robes entravées aux couleurs de sorbets frôlaient les habits noirs des messieurs minuscules. Les soies brochées chatoyaient, les cheveux de jais luisaient doucement, pareils au nylon de perruques lustrées. Des centaines d'yeux bridés ouvraient leurs fentes étroites dans des joues d'ivoire ancien.

Menu et agile comme un singe, tout vêtu de blanc, le peintre philippin discourait.

J'avais prié Nina de m'accompagner parce que je la sais friande de peinture, et possédant des connaissances et un goût très sûr susceptibles de rectifier, le cas échéant, mes jugements de béotienne.

Verre de jus d'orange à la main nous déambulions, examinant les tableaux. Sans doute les aurais-je mieux appréciés si ne m'avait paralysée cette lourde responsabilité d'en acheter un...

Petit à petit cependant me venait une espèce de répulsion : ce parti-pris pour des scènes dites typiques (pêcheurs ramenant leurs filets, femmes au marché, vendeurs de bananes) travaillées sommairement avec des couleurs pures, agressives... Je m'imaginais mal de tels tableaux sur les murs de Jérôme... Peut-être là-bas, sous un soleil différent, dans une ambiance de vacances, faisaient-ils illusion, participaient-ils du dépaysement ?

Ayant fait le tour de l'exposition, nous nous sommes retrouvées face à face, Nina et moi, esquissant la même moue dubitative, laissant fuser entre nos lèvres le même sifflement muet qui en disait long sur notre commune perplexité...

– Je ne peux pas acheter « ça », Nina ?

– Bien sûr que non...

Remettant le cap sur le buffet qui se dégarnissait, nous y avons cueilli deux coupes de champagne tiède, une assiette d'olives, et sommes allées nous installer dans les profonds fauteuils de la rotonde déserte. Le brouhaha des salons bondés nous parvenait assourdi. Un pianiste chauve et s'abritant sous des palmiers grisâtres égrenait des airs suaves et démodés.

Nina s'est pelotonnée dans les velours un rien trop fripés, contre le dossier moelleux elle a laissé baller sa tête, elle a fermé les yeux. J'ai pu la contempler à mon aise, me confirmant dans l'impression qu'elle m'avait donnée à son arrivée : bien que – ou parce que ? – s'étant fardée à mort, elle paraissait épuisée.

– Eh bien ! me suis-je joyeusement exclamée au bout d'un moment, pour faire diversion, eh bien ! voilà une affaire classée...

Elle a acquiescé des paupières.

Après avoir allumé une cigarette, j'ai avalé une gorgée de champagne. C'était la fête, que diable !...

Le silence s'est néanmoins installé.

– Et vous, Nina ? ai-je fini par articuler. – Il fallait bien le rompre, ce silence... – Vous, ça va comment ?

Elle a haussé les épaules d'un air las, elle a fait « Peuh !... » et elle s'est comme retirée en elle-même.

Nina se débat dans la même situation que moi.

Pas tout à fait pourtant : nous n'en sommes pas au même stade de la maladie. Alors qu'il me semble me complaire dans une convalescence florissante, elle en est à la phase aiguë, venant de découvrir la liaison de son mari qu'elle adore.

Je me fais un peu l'effet d'une sœur aînée.

Ils en sont encore à ces moments terribles et exaltants où le mari pleure, supplie et s'accuse et où la femme, en état de stupeur, est prête à tous les sacrifices, à tous les renoncements sublimes.

Lui sanglote « je n'aime que toi, tu es l'Unique, je ne puis envisager la vie sans toi, tu es la meilleure partie de moi-même, mais pourtant je ne puis vivre sans Elle non plus, c'est une sorcière qui m'a jeté un sort, aide-moi, aime-moi, dis-moi que si je pars je pourrai toujours te revenir, jure-moi de m'attendre, ne m'abandonne pas, je suis si malheureux... ».

Et Nina lui répond sur le même mode, accumulant les majuscules : « Mon Bien-aimé, tu es le Soleil de ma Vie, je ne veux que ton Bonheur, et si ton Bonheur passe par cette Femme, eh bien pars ! Notre Amour restera mon Pain, mon Vin, mon Sel, mon Miel, je m'en nourrirai jusqu'à la Mort, va et sois Heureux ! ».

« Je ne le serai jamais plus !... » larmoie-t-il, n'en démordant pas pour autant.

Quand Nina me narre tout cela, ça me produit un effet bizarre : comme si quelqu'un faisait passer la bande enregistrée de nos désarrois, à Jérôme et à moi, voici dix ans... Cela me laisse perplexe : ce sont les mêmes sentiments, les mêmes mots. A croire que les humains ne possèdent que cet unique répertoire, constamment ressassé, sans la moindre variante même dans les plus infimes détails...

C'est à la fois vexant – notre propre drame n'était donc pas splendidement, atrocement unique ? Notre couple n'était donc pas cette exception miraculeuse qui se dressa longtemps, insolente, pour témoigner face à l'entière humanité versatile de la pérennité des amours mythiques, et qu'un destin pervers s'est acharné soudain à déboulonner dans un fracas de fin du monde ? – et rassurant, la banalité même de situations identiques leur conférant brusquement des dimensions dérisoires et pour tout dire risibles.

– Vous devriez partir, Nina. Partir pour longtemps. Non pour qu'il réalise ce que c'est que de vous perdre – à l'heure actuelle, il est capable d'en encourir le risque, certain de vous retrouver où que vous soyez si l'envie lui prend de vous reconquérir – mais simplement pour votre propre salut. Car vous n'y tiendrez pas, croyez-moi, vous allez tout bonnement vous rendre malade.

– Je le suis déjà... a-t-elle gémi. Je ne dors plus, je ne mange plus, je flotte dans mes vêtements comme une Ophélie sous-alimentée et stupidement tragique. Je ne suis, voyez, plus que l'ombre de moi-même...

J'ai dû faire un effort pour garder mon sérieux, me rappelant que Nina vient d'un pays où la douleur, de tous temps, s'est exprimée en termes classiques. Mais en même temps, je n'avais pas envie de rire, les images dont elle usait étaient exactes : tout son être ne paraissait plus qu'une sorte de travesti qu'aurait emprunté la Souffrance pour se promener, incognito, par les rues et par les ponts de notre bonne ville...

– Partez, Nina, ai-je insisté. Napoléon ne l'a-t-il pas dit avant moi : en amour, la seule tactique à adopter est la fuite ? D'ailleurs, vous présente, eux ne sont pas libres. Laissés face à face, peut-être concrétiseront-ils définitivement leur liaison ; ou peut-être au contraire finiront-il par se casser des assiettes sur la tête. Mais quoi qu'ils fassent, du moins le feront-ils librement, sans le prétexte de votre influence, ou de ménagements qu'ils vous devraient. La fuite, je l'ai expérimentée moi-même, il y a quelques années. Et si elle n'a pas vraiment arrangé la situation de base, elle m'aura néanmoins permis de restaurer mes forces : quand je suis revenue, je faisais trois repas par jour et ma tête, de nouveau, tenait droite toute seule...

– Mais moi, il m'est impossible de partir, s'est-elle lamentée. Il y a notre fils, il y a le chien... Et puis il y a lui, qui est en plus mauvais état encore que moi, son cœur lui joue des tours, il n'est plus tout jeune, l'autre jour, ne s'est-il pas tout à coup évanoui ? J'ai dû appeler le médecin, j'ai des responsabilités envers lui, si je l'abandonnais actuellement et que quelque chose lui arrivait, je ne me le pardonnerais jamais...

– Soit, n'en parlons plus. Tenez, on va jouer, Nina, on peut bien rêver un peu, non ? Si vous pouviez partir, où iriez-vous ?

Elle s'est un peu redressée, elle a bu une gorgée de champagne, ses yeux ont brillé.

– Eh bien... A Lucques, ma chère. Ça ne fait pas l'ombre d'un doute : à Lucques ! J'ai toujours rêvé de m'y rendre, et figurez-vous que je n'y suis jamais allée...

– Pour ne rien vous cacher, moi non plus... Mais pourquoi précisément à Lucques ? Là, vous m'intriguez, Nina, vous êtes bien la première personne qui...

– Mais à cause de *Sparkenbroke,* voyons... Vous n'allez pas me dire que vous n'avez pas, autrefois, lu *Sparkenbroke* ?

Ciel ! Il ne manquait plus que ça !... Si Nina en était encore à s'inspirer de *Sparkenbroke,* c'était en vain que j'usais ma salive à tenter de la ramener aux réalités terre-à-terre ! Je croyais pourtant, maintenant que Cécile est morte, être l'unique rescapée d'une époque où les jeunes filles ne fumaient pas de joints mais se saoûlaient de Rosamund Lehmann et de Charles Morgan... Découvrais-je enfin la raison de notre manière identique et obsolète de réagir, Nina et moi, quand il s'agit d'amour ?

Et nous voilà parties à égrener des souvenirs étonnament semblables – car enfin, nous avons vécu notre jeunesse à une distance kilométrique considérable l'une de l'autre, nous sommes les produits de deux sociétés totalement différentes. Et pourtant, ce même idéalisme qui s'attarde en nous, femmes mûres... « Il y a en moi une jeune fille qui refuse de mourir... » a écrit cette Tove Ditlevsen que nous avons lue aussi, bien sûr ; et que n'avons-nous considéré cette phrase comme une mise en garde !

Nina s'animait, et cela me réjouissait le cœur, je me sentais moi-même devenir primesautière et drôle, j'aurais donné beaucoup pour être capable de la faire rire vraiment.

Comme elle s'écriait mélancoliquement, une fois de plus : « Mais partir, non... D'ailleurs, je n'en ai pas les moyens ! », avant même que je l'aie pensée, la phrase hors de moi s'est élancée :

– Mais je les ai moi, les moyens, Nina ! Je les ai...

Et j'ai brandi le chèque. Le chèque en blanc.

Joyeuses soudain comme deux gamines en train de monter une farce, nous sommes allées quérir une autre coupe de champagne. J'ai élevé la mienne bien haut et j'ai dit :

– A Lucques donc, Nina ! A notre départ, à l'aventure ! A notre commune guérison !

Elle s'est reprise la première.

– Vous me tentez ! a-t-elle proféré sourdement, oh !

comme vous me tentez... Ecoutez, ma chère, je vais rentrer et réfléchir à la manière dont je pourrais m'organiser... Je vous téléphonerai ce soir. Mais quelque décision que je prenne, je vous dois une reconnaissance éternelle pour cette lueur d'espoir que vous m'aurez fait entrevoir...

Elle m'a embrassée tendrement.

– Ne réfléchissez pas trop, Nina, lui ai-je crié de loin. Même trois jours seulement, cela vous ferait un tel bien...

– Je vous téléphonerai, a-t-elle répété en s'engageant dans la porte tournante, et son sourire tremblait.

Samedi

Nous n'irons pas à Lucques.

Nina ne peut s'y décider. Et moi, je n'en avais pas envie vraiment : « Art, amour et mort »[1], je crois décidément que ce n'est plus tout à fait mon rayon

J'ai pris le train, ce matin de bonne heure, pour me rendre à la maison de Jérôme. J'ai arrosé les géraniums et les fausses primevères. J'ai récupéré ma lettre dans la boîte, l'ai déchirée et en ai fourré les morceaux dans mon sac. J'ai téléphoné à la femme de ménage pour la dispenser de venir trois lundis de suite. J'ai confié une clef à la gentille voisine, lui demandant de veiller sur la maison en l'absence de Jérôme, et d'arroser les plantes. Je me suis assise derrière le bureau, et j'ai écrit :

« Les tableaux étaient exécrables, mon chéri. Je t'ai évité une grosse déconvenue. Mais non point pour autant une grosse dépense... Ne t'avais-je pas supplié de ne

1. Allusion à un thème marquant dans l'œuvre de Morgan, et plus particulièrement dans *Sparkenbroke*.

pas me le confier, ce chèque tentateur ? J'y ai porté le montant de la moins coûteuse de ces croûtes, et suis allée l'encaisser hier. La somme est suffisante pour me permettre de vivre deux ou trois mois, de la manière dont je compte m'y prendre. Peut-être d'ailleurs trouverai-je ici ou là, en route, de « petits boulots » qui la feront durer un peu plus, peut-être pas. Quoi qu'il en soit, je m'en vais pour quelque temps ».

Là, je me suis arrêtée et j'ai réfléchi.

Ou plutôt, j'ai continué à réfléchir, comme je n'avais cessé de le faire depuis l'avant-veille.

Mieux vaudrait sans doute m'en tenir à cette seule information sommaire. A quoi bon tenter d'expliquer ma décision soudaine ? Quoi que j'en dise, Jérôme resterait persuadé d'une réaction puérilement impulsive et revancharde à sa fugue...

Or, ce n'était pas cela du tout : en affichant une fois de plus son droit à diversifier ses amours, Jérôme n'avait fait que s'en tenir à une convention maintenant bien établie et à laquelle j'avais apporté mon consentement. Il ne m'avait pas mise en état de choc.

Etait-ce ma conversation avec Nina ? Etait-ce tout bêtement le chèque m'ouvrant des perspectives soudaines ? Toujours est-il que je m'étais mise à me considérer comme avec les yeux d'une autre, et que je m'étais ébahie de mon comportement de ces derniers temps. Il m'était brusquement apparu que je vivais, par rapport à Jérôme, dans une dépendance affective morbide. Bien que m'étant créé – par force, d'accord, mais avec une ténacité lucide dont je ne pouvais que me réjouir – une existence personnelle indépendante et raisonnablement satisfaisante sur le plan pratique, je n'en demeurais pas moins axée sur ses états d'âme et de santé à lui, sur ses humeurs, ses soucis, ses réussites ou ses échecs, ses amours même. Tout en vaquant à mes propres occupations – assez dérisoires sans doute, mais on fait ce qu'on peut... – je ne cessais d'être à l'affût d'un signe de lui témoignant de son affection, de l'intérêt qu'il me portait, ou d'une quelconque utilité de ma présence, attitude qui avait pu se justifier lorsque tout nous était commun, mais qui avait fait long feu.

Or, voilà que ce signe – j'étais bien forcée d'en convenir et cela m'emplissait de confusion – m'était insensiblement devenu moins nécessaire au fil des jours, voire parfois importun... Etait-ce que je n'aimais plus Jérôme, soudain ou depuis longtemps ? Non, me semblait-il : j'avais au contraire la conviction d'être parvenue à une sorte d'affection « supérieure », désintéressée en tous cas, libératrice pour lui comme pour moi. Mais je continuais, par habitude, à me comporter comme si cette évolution n'avait pas eu lieu.

En fait, si je n'avais moi-même rien quitté, j'avais été quittée par toute une part de vie qui m'avait été chère. Il y avait eu là un arrachement que j'avais subi, en renâclant et à mon corps défendant. Et puis un jour (quand ? pourquoi ? je n'arrivais pas à le préciser, cela s'était élaboré dans l'ombre, à mon insu) voilà que de mon plein gré j'avais lâché prise et dès ce moment-là j'avais commencé à être payée de ce renoncement par l'intérêt réel que je m'étais surprise à ressentir pour mes propres activités jusqu'alors entreprises comme un pis-aller ; voilà que j'avais pris conscience d'autres possibilités qui m'étaient offertes, que j'avais entendu d'autres appels auxquels j'aspirais à répondre de toute urgence.

« Cut your coat according to your cloth » disent les Anglais. Sans doute l'étoffe de ma vie n'était-elle pas tout à fait telle que je l'avais rêvée ; en revanche, j'en avais à disposition un métrage beaucoup plus ample que je ne me l'étais imaginé. Persisterais-je longtemps encore à ne m'y tailler qu'un morne sarreau d'orpheline –

qui d'ailleurs amenait Jérôme à se sentir coupable de ne pas me mieux vêtir – au lieu de la « robe aux couleurs du temps » que j'avais tout loisir de me confectionner ?

Difficile à faire comprendre sans peiner, sans décevoir à coup sûr. Et sans blesser, surtout, une susceptibilité toujours encline à débusquer, sous les pierres de mes mots, reproches ou critiques, ou encore conseils, que j'y aurais dissimulés... J'avais tenté de l'exprimer dans une lettre aussi longue que brouillonne qui, comme tant d'autres, avait pris le chemin de la corbeille.

Reprenant mon stylo, j'ai continué :

« Vois-tu, une chose entre nous a toujours été clairement établie, et cela dès nos débuts : ma vie, ce serait en fait la tienne sur laquelle je me grefferais, à laquelle je me vouerais. L'époque, l'éducation que j'avais reçue, tout me prédisposait à un tel engagement, et ceci d'autant plus que je ne voyais pas trop à quelle destinée « supérieure » j'aurais pu prétendre, rien dans mes talents ou dans mes aptitudes ne justifiait que je consacre à les faire fructifier tout mon temps et tous mes efforts. Rien d'ailleurs dans cette allégeance librement consentie n'a jamais été humiliant pour moi du moment que ma participation se révélait active, et utile. Et n'avons-nous pas, en effet, été pendant longtemps de bons compagnons de jeu, édifiant ensemble des châteaux merveilleux qui n'ont pas tous été faits de sable, qui n'ont pas tous été éphémères, et que tu n'aurais pu réaliser seul ?

Mais un jour, cela t'a paru monotone, un peu trop tranquille, un peu trop raisonnable. Tu avais soif, soudain, de défis autrement exaltants, de plaisirs plus violents, arrachés de haute lutte. Des compagnons plus ardents, plus téméraires, te faisaient signe de les rejoindre. Tu as pensé que je n'étais pas de force – ou plus d'âge – à me mesurer en de telles joutes. Qu'en savais-tu ? Connaissais-tu vraiment mes ressources, et qu'à m'essayer à de telles performances, je t'aurais peut-être étonné ?

Quoi qu'il en soit, tu m'as intallée – tendrement – sur une petite chaise en fer, un peu à l'écart, le cœur bien à l'ombre. Tu m'as munie d'une pelote de laine et d'un jeu d'aiguilles, afin que je m'occupe les doigts. Tu m'as embrassée, tu m'as souri puis, en t'éloignant, tu m'as crié : « Regarde-moi ! ».

Depuis lors, en effet, je tricote, et je te regarde.

Et comment est-il, le monde, au-delà de ces grilles limitant ce jardin dans lequel tu te dépenses avec une fougue juvénile ? je l'ai un peu oublié. Parfois, un promeneur approche sa chaise de la mienne, tente de me faire la conversation mais, voyant mon attention fixée sur toi seul, bien vite il renonce, s'en va. Je te regarde courir après un ballon, jouer à cache-cache avec les petites filles. Quand d'un coup de reins tu fais s'envoler l'escarpolette, quand tu te perches au sommet de l'ormeau le plus élevé, quand tu t'apprêtes à marquer le but qui fera triompher ton équipe, à chaque fois tu tournes la tête de mon côté, à chaque fois tu cries : « Regarde-moi ! » et je bats des mains, toute fière de tes exploits. Quand tu t'es mis en nage à trop courir, ou quand tu t'es écorché un genou, c'est à mes pieds que tu viens reprendre souffle, et j'essuie avec mon mouchoir la sueur qui perle à tes tempes, ou le sang de la petite plaie. Et te voilà reparti.

Et le temps coule.

Tu ne t'en aperçois pas.

Moi, si. Et je remarque la passion moins ardente que tu apportes à tes jeux, ton souffle qui peine, ton enthousiasme un peu factice, tes records plus rares et plus éprouvants. Désormais, d'autres garçons nouvellement venus te dépassent sur la ligne d'arrivée, sont plus habiles à jongler avec le ballon, ce qui parfois leur attire tes colères. Quant aux fillettes, je les surprends, quand elles t'entraînent dans leurs rondes, à vérifier au préalable si tes poches sont bien pourvues en bonbons que tu leur distribueras...

Ou bien tout cela n'est-il le fruit que de mon imagination ? Est-ce ma propre lassitude qui me fait trouver le spectacle moins brillant ?

Car vois-tu, il se passe ceci : depuis belle lurette s'est épuisée la laine de ma pelote. La chaise me devient bien raide. Les ombres s'allongent et même si les couleurs du monde luttent encore contre le crépuscule qui s'installe, il commence à faire froid. Je frissonne, et je m'ennuie. J'ai envie d'aller faire quelques pas au soleil, avant que tombe la nuit.

J'ai mis mes chaussures de marche, je porte à l'épaule une besace bourrée de l'indispensable. Je m'en vais droit devant moi, à partir de ton seuil, un pied suivant l'autre, direction Sud. Peut-être m'arrêterai-je après vingt kilomètres, peut-être après deux cents, qui sait ?

Je devrais avoir chaque jour des paysages différents, des rencontres inattendues, les chiens de ferme à fuir ou à apprivoiser, mes ampoules à panser, le gîte du soir à trouver. N'aie pas peur, tu sais combien je suis robuste et endurante. Et puis, tout au long de l'itinéraire idéal que je me suis tracé, il y a des maisons amies où l'on m'attend.

Je ne m'enfuis pas. Je ne disparais pas non plus. Je te donnerai régulièrement des nouvelles. Et puis un jour, je reviendrai. Mes racines ne sont-elles pas ici ?

Bien sûr, quand je te retrouverai, tu auras forcément dû prendre des dispositions quant à ton – à notre – mode de vie. J'en suis bien consciente et vois-tu – j'ose à peine le dire car tu vas bondir ! – cela m'est complètement indifférent. En fait, ça ne pourra pas être pire – je veux dire dans le sens de l'ambiguïté – que ce que nous vivons depuis des mois, voire des années. Et puis la question n'est pas là. D'un « vieil amour » tel que le nôtre et de cette indubitable connexion confiante qui nous relie et qui a résisté à vents et marées, il subsistera toujours quelque chose, non ? En dépit de tous les arrangements pratiques.

Allez, je t'embrasse.

Je t'aime ».

J'ai posé la lettre bien en évidence sur le bureau. Ayant fermé la porte à double tour, j'ai laissé tomber la clef dans la boîte aux lettres. J'ai assuré le sac sur mon épaule, et je me suis mise en route.

Callin' You [1]

Comme à son habitude, elle marchait vite.

Désertes, les rues qu'elle enfilait l'une après l'autre, machinalement. Vendredi : la ville s'était vidée.

Toujours son même itinéraire : elle s'étonnait parfois que ses pas n'y aient pas, au fil des jours, creusé une petite rigole dans le trottoir comme, autour de sa colonne, ceux du Prisonnier de Chillon.

Peu de lumières aux fenêtres, aussi. Tout le monde dormait-il déjà ? C'est vrai que le film avait été long. Mais tellement envoûtant : pas une minute elle n'avait repris conscience de sa propre existence, pendant toute la durée de la projection.

Pas de bruit non plus : les voitures avaient émigré vers la campagne. Et ses sandales, en foulant l'asphalte encore un peu mou de la chaleur du jour, ne produisaient que ce léger chuintement du talon nu se détachant du cuir.

Un petit vent guilleret la rattrapait parfois, ou l'attendait au coin d'un immeuble, faisant alors danser sa robe. Elle avait l'impression bizarre, ainsi silencieuse dans tout ce silence, de voleter plutôt qu'elle ne marchait, flottant d'un trottoir à l'autre. Comme cela cadrait mal, cette ville morte dans laquelle elle se déplaçait comme un ectoplasme, avec l'ambiance du film dont elle était

1. Mélodie du film « Bagdad Café ».

encore imprégnée, le réalisme de ce décor torride et poussiéreux, et cette surabondance d'une vie charnelle et jubilatoire...

Confuse, elle se rendit compte soudain qu'elle s'était mise à siffler à tue-tête. Elle s'y surprenait souvent, c'était une habitude de famille, son père déjà n'en était-il pas coutumier ? Entamant, où qu'il se rendît, son répertoire dès le premier pas amorcé, et tout y passait, airs d'opéra, folklore, refrains à la mode, cantates, jusqu'à ce qu'il arrive à destination...

« I-I-I-'m callin' you »... La première phrase lancinante du générique du film était facile et résonnait superbement, dans la nuit calme. C'est ensuite que cela s'avérait difficile : les premières mesures lancées, vous tombiez sur cette espèce de récitatif mi-parlé, mi-chanté... Elle reprit : *« I-I-I'm callin' you »*, s'appliquant à retrouver le fil, s'embrouilla dans les notes, renonça. Ça vous prenait d'ailleurs, même dépouillé des paroles explicites, des allures d'appel au secours rompant dramatiquement le silence. Qu'en pensaient-ils, dans les immeubles qu'elle longeait, les dormeurs qu'elle réveillait peut-être ?

Tiens ! ça lui venait à l'esprit : elle devrait l'enregistrer, cette phrase d'appel. Non telle qu'elle la sifflait, bien sûr, mais à partir du disque qu'elle s'était procuré avant même d'aller voir le film. Juste le *I-I-I-'m callin' you*. Et envoyer la cassette à ce bureau de Barcelone dont Simon lui avait laissé l'adresse : « C'est juste un bureau, tu sais, mais on m'y connaît, j'y passe de temps en temps, j'y ai une espèce de poste restante. Si tu veux m'atteindre, écris là-bas, on me fera suivre... ». Elle en doutait : les quelques courriers qu'elle y avait adressés n'avaient pas eu d'écho. Téléphoner ? elle avait tenté de le faire, un soir où, inexplicablement, elle se sentait anxieuse : il y avait un répondeur automatique débitant à toute vitesse des phrases en espagnol. Logique. Elle avait raccroché. Rappeler le lendemain matin ? Parfois, elle s'approchait de l'appareil mais aux heures claires du jour, une sorte de lucidité lui venait, une appréhension de s'entendre communiquer quelque chose de funeste... Mais une cassette ? qui dirait à Simon – s'il la recevait ? – juste ce qu'il fallait : qu'elle était depuis bien longtemps sans nouvelles, et qu'elle s'inquiétait.

Son immeuble se profilant au bout de la ruelle suivante, elle glissa la main dans son sac et y pêcha son trousseau de clefs. Un rire silencieux la secoua : incorrigible, voilà ce qu'elle était, n'aurait-elle pas dû l'avoir en main depuis longtemps, ce trousseau, à en croire ce bon jeune homme qui l'avait si gentiment admonestée, hier ? Tout un cours, qu'il était venu lui débiter, sur les précautions à prendre par les « personnes d'un certain âge vivant seules, comme vous, Madame... », et flottaient dans l'air ces appositions qu'il ne se permettait pas de prononcer mais qu'elle avait devinées dans le brusque silence qu'il s'était imposé soudain « crédules, irréalistes, imprudentes, suscitant par leur candeur même l'arnaque ».

Sympathique au demeurant, ce garçon : tiré à quatre épingles, resplendissant de bonne volonté :

– Nous sommes un groupe de jeunes las d'entendre répéter que le brigandage est le fait, surtout, des jeunes. C'est faux. Alors, prenant le contre-pied, nous faisons du porte-à-porte afin de mettre les personnes solitaires en garde contre les risques auxquels, à leur insu, elles se trouvent exposées. Nous espérons les persuader, aussi, que « jeunesse » et « honnêteté », ça peut être synonyme...

Pourquoi fallait-il qu'il arbore ce même air – accablé, mais surmontant bravement son accablement – qui distingue certains évangélistes ? Ceux qui lugubrement vous assènent : « J'ai une bonne nouvelle pour vous, ma Sœur : Dieu vous aime ! », sous-entendant par là qu'en vertu même de cette grâce qui vous est accordée, vous devez vous attendre à ce que pleuvent désormais sur vous les pires catastrophes mais alléluia ! si vous gardez la foi, vous les surmonterez ! Ainsi – ce bon jeune homme l'affirmait – le monde était-il mauvais certes, pourri même, mais si elle suivait les conseils de « cette petite brochure, Madame, que je vous laisse gratuitement – bien que vous soyez libre bien sûr de me remettre un don qui nous permettra de la rééditer afin que d'autres en profitent aussi... » –, le pire lui serait évité.

Et c'était vrai qu'elle regorgeait de « trucs », cette brochure qu'elle avait parcourue et qui devait traîner encore sur le guéridon. Ainsi, celui de la clef : « Il vous suffit, Madame, d'adopter dès aujourd'hui quelques règles de conduite simples mais efficaces. Si par exemple il vous arrive de circuler seule de nuit – ce que je ne saurais trop vous déconseiller – devez-vous prendre l'habitude de tenir, dans votre poing bien serré, votre trousseau de clefs, n'en laissant dépasser qu'une seule, fermement fichée entre l'index et le majeur, ainsi, voyez... Ça n'a l'air de rien, une clef, mais je vous jure que, pointée avec détermination en direction de l'œil d'un malandrin, elle vous prend un sacré pouvoir dissuasif... ».

De nouveau, elle rit silencieusement. Bien sûr, c'était réconfortant de savoir que des garçons aussi convenables se souciaient de la sécurité des vieillards. Bien sûr, elle-même était souvent imprudente, téméraire. Mais à l'idée de se balader ainsi dans les rues, sa clef dardée comme une tête fouineuse à le recherche de l'œil d'un voyou, elle ne pouvait s'empêcher de pouffer. Et « fille qui rit n'a plus de force » dit la sagesse populaire. Dans un contexte différent, soit, mais le principe demeurant inattaquable.

Pas sûres de nos jours, les rues ? Bah ! l'avaient-elles jamais été ? Autrefois déjà, il y avait ceux qui osaient s'y aventurer, et ceux qui ne l'osaient pas. Ces derniers mouraient-ils tous pour autant dans leur lit ?

Lui revenait ce soir de ses dix-sept ou dix-huit ans, combien peu engageant avec l'obscurcissement de guerre et ses rares lumignons bleus, sous cette pluie tombant à verse. Elle rentrait d'une répétition de théâtre qui s'était prolongée fort tard quand, presque arrivée chez elle, tout à coup elle l'avait vu se dresser à quelques pas, juste devant leur portail de jardin, cet homme vacillant qui, l'ayant aperçue, avait tendu dans sa direction un bras incertain, hurlant d'une voix avinée : « Hein ! Hein que j'te fais peur !... ». Peur ? Oui, bien sûr : pas dangereux peut-être, mais néanmoins effrayant. Et pouvait-elle l'éviter, planté qu'il était devant sa porte ? Aurait-elle eu l'idée, à cette époque-là, de foncer sur lui, une clef coincée entre l'index et le majeur, et de viser son œil, sous le chapeau dégoulinant ? Allons donc ! La fuite, oui, elle s'était esquivée au pas de course par une ruelle de traverse, et dans la nuit la rejoignait la voix du poivrot invectivant le monde entier. Une fois la boucle bouclée, le cœur battant elle avait guigné au coin du jardin voisin, constatant soulagée que l'homme était parti depuis longtemps, que la voie était libre.

La fuite, aujourd'hui encore, il lui semblait qu'elle y verrait son salut. Quoique... Elle courait vite, alors, tandis que maintenant... Mais décidément, le truc de la clef n'était pas convaincant.

... Pas davantage d'ailleurs lorsqu'il s'agissait d'ouvrir une porte : celle de son immeuble était béante. Et sans doute le concierge aurait-il dû, c'est vrai, veiller à ces heures à la tenir fermée...

La cage d'escalier était éclairée. Mais elle la connaissait, la minuterie : brève. Par précaution, elle pressa sur le bouton luminescent avant de s'enfermer dans l'ascenseur. Sinon avec la lenteur de la machinerie – l'ascenseur le plus lent de la ville ! – elle atteindrait son cinquième étage dans la plus totale obscurité.

Pourtant, comme la cabine arrivait à destination, la lumière flancha. Elle avait juste eu le temps d'apercevoir, devant sa propre porte, une silhouette.

La lumière revint : le visiteur avait eu le réflexe prompt. Profitant de ce qu'il lui tournait le dos, elle l'examina.

Personne qu'elle reconnût, aucun copain, par exemple, de ses fils. Jeune, à n'en pas douter. Grand, mince, bien bâti. Elégant : elle nota le blouson de peau fine, les jeans serrés impeccables, les mocassins de luxe. Tendant la main, l'inconnu appuya sur la sonnerie de sa porte, par deux fois, longuement, et elle perçut le timbre aigrelet. Décidément, ce garçon ne cherchait pas à passer furtivement. Que pouvait-il bien lui vouloir, à près de minuit ?

« ... Et, surtout si cela se produit à des heures indues, n'ouvrez jamais votre porte, Madame, sans avoir au préalable jeté un coup d'œil par le mouchard. Vous devriez, en outre, vous faire poser une chaînette de sécurité... ».

Fort bien ! Et qu'avait-on prévu pour le cas où l'on se trouvait soi-même à l'extérieur, bloqué sur son palier ? Redescendre ? Pointer la clef ? Ecartant le grillage de sécurité, elle posa la main sur la poignée. Tant qu'à faire, autant tirer tout de suite la chose au clair.

Au bruit de la porte, l'inconnu se retourna. La lumière, derechef, s'éteignit. Leurs doigts se rencontrèrent sur le bouton fluorescent.

Dieu ! qu'il était beau ! Merci, Seigneur, de veiller à ce qu'existent des êtres aussi beaux ! « Même si ce type vous attend pour vous trancher la gorge ? » – « Oui, même si ! ».

Espagnol. C'était la première idée qui se présentait à l'esprit.

Matador, c'était celle qui venait ensuite. Un de ces sublimes visages dépouillés, les pommettes accusées, le nez aquilin, les yeux bien fendus et noirs, ciel ! noirs, les sourcils dessinés au charbon. Et puis aussi les cheveux de la couleur de l'aile du corbeau, tirés, lustrés, retenus sur la nuque par un lacet de cuir. L'impression d'élégance se confirmait – non, pas d'élégance : de classe. Le petit foulard noué négligemment, laissant apercevoir l'éclat de la chaînette d'or. Quelque chose, pourtant de... de fatal ? Le noir du blouson, le noir de la chevelure, des yeux, des sourcils ? Un souvenir cherchait à se frayer son chemin... Ah ! Oui bien sûr : les motocyclistes factotums de la Mort, dans l'*Orphée* de Cocteau...

– C'est bien chez moi que vous sonnez ? articula-t-elle en assurant sa voix.

– Peut-être... Si vous êtes Madame...

Il élevait à hauteur d'œil un paquet qu'elle n'avait jusqu'alors pas remarqué, un paquet dans les ficelles duquel il avait glissé les doigts de sa main gauche (fine et bronzée, la main, racée), et il s'efforçait d'en déchiffrer la suscription.

– Madame Amélie Al... Archi...

– Allez, montrez ! s'impatienta-t-elle.

C'était un petit paquet carré, très léger, constellé d'étiquettes de couleurs variées, de sceaux... Son prénom était exact, son nom mal orthographié mais phonétiquement juste, l'adresse irréprochable, même l'étage était mentionné.

– Oui, confirma-t-elle, oui, je suis bien Amélie Archambault.

Attends un peu, se disait-elle amusée, tu vas voir que c'est lui, maintenant, qui va te réclamer une pièce d'identité...

Mais la Merveille se bornait à pousser un soupir de soulagement.

– Eh bien, tant mieux ! Je commençais à craindre d'avoir fait chou blanc... Repasser demain matin m'aurait contrarié, j'aime bien préserver mes week-ends...

– Vous êtes facteur auxiliaire ?

– Pas tout à fait, Madame. Je suis mandaté par une entreprise privée de messageries. Avec les retards, les envois égarés, les grèves, tout ça quoi !, de plus en plus de personnes ou de maisons de commerce font appel à nos services.

Voilà. Tout bêtement cela : un colis inattendu, livré à ces heures peu courantes par une entreprise spécialisée dans les transports sûrs et rapides...

Elle examina le paquet de plus près. Les Canaries, une agence commerciale de Lanzarote... ça ne lui disait rien. Quoiqu'enfin, peut-être ?... Simon ne courait-il pas toujours le monde ? « Le Juif errant, tu crois que c'est une fiction ? Eh bien, pas du tout : le Juif errant, c'est moi !... ».

– Pas de doute, trancha-t-elle, c'est bien pour moi. Je vous dois quelque chose ?

– Non, Madame, rien : tous les frais sont payés par l'expéditeur.

– Bon... alors merci, merci beaucoup !...

Devait-elle lui remettre un pourboire ? Elle restait toujours indécise, dans ces cas-là, gênée. Et puis aussi, n'était-ce pas désolant de voir repartir si vite ce merveilleux garçon qui était comme un feu d'artifice au soir de sa journée un peu terne ?

– Une petite formalité pourtant, Madame : l'envoi doit être ouvert en ma présence, afin que je constate avec vous le bon état de la marchandise. Après quoi vous voudrez bien me signer une décharge. Et ce sera tout.

– Eh bien, dans ce cas, entrez donc ! suggéra-t-elle en introduisant la clef dans la serrure.

« ... Et ne les faites entrer en aucun cas, Madame, restez avec eux sur le palier, tirez votre porte derrière vous, qu'ils ne puissent même pas jeter un coup d'œil à l'intérieur : ce sont de faux agents d'assurances, de faux releveurs de compteurs, en réalité des éclaireurs qui ont pour mission d'inventorier votre appartement. Demain, sur la base de leurs indications, ce seront les cambrioleurs qui les suivront, et ils sauront quoi emporter, et où cela se trouve... ».

Déjà , elle le précédait.

– Prenez place ! Vous accepterez bien quelque chose, pendant que j'ouvre le paquet ? Un petit café ? Ou bien... Je ne sais pas, moi, je n'ai pas grand'chose... un petit porto ? un coca ?

– Volontiers, Madame, ce n'est pas de refus, j'ai roulé longtemps, vous savez, je me sens un peu...

Il s'interrompait, cherchant le mot convenable. Elle aurait parié qu'il avait failli dire « je me sens un peu à côté de mes pompes » et s'était arrêté de justesse, jugeant l'expression incongrue, face à elle, et dans ce cadre.

– Un peu déphasé, j'imagine ? l'aida-t-elle gentiment. Mais vous n'arrivez tout de même pas directement des Canaries, juste pour mon petit paquet ?

– Non, bien sûr, admit-il en riant. Seulement de Paris. Vous voyez : les colis sont d'abord rassemblés dans des centres de triage, et puis on nous envoie en estafettes. J'avais d'autres livraisons à effectuer sur le parcours, par des routes de traverse. Vous êtes la dernière pour ce voyage.

– Je vois... Alors, qu'est-ce qui vous ferait plaisir, vous remettrait d'aplomb ?

– Un petit porto, Madame, si vous voulez bien. J'adore le porto, confessa-t-il comme s'il s'agissait d'une anomalie. C'est toujours cela que m'offrait ma grand-mère, « un doigt de porto » disait-elle. Depuis lors, je n'ai pas tellement eu l'occasion d'en boire, ça n'a pas la cote, le porto, parmi mes copains...

Il souriait, un peu confus. Dieu ! quel sourire ! Carnassier, de jeune loup, se dit-elle. Te mangera, grand-mère ? Allons donc ! Si déjà le Ciel prenait la peine de lui envoyer d'une main le cadeau d'un tel sourire, ce n'était pas pour le reprendre brutalement de l'autre !

Pendant qu'elle s'affairait, il avait pris place dans l'un des petits fauteuils ronds, croisait ses longues jambes, regardait autour de lui avec intérêt.

– Oh !... s'exclamait-il, Art déco... Ravissant ! On n'en voit plus tellement dans la vie courante, hors des salons d'antiquaires. Moi, j'adore... Vous avez bien fait de les conserver, Madame, la mode en reviendra, ils vaudront un prix fou...

Sur le guéridon – « Mais c'est pas vrai, je rêve... Du Gallé authentique, signé ? Ce que c'est beau, cette marqueterie... C'est une pièce rare, ce guéridon, Madame Amélie... Vous permettez que je vous dise "Madame Amélie" ? » –, elle disposait le plateau, la carafe, les deux verres.

« ... Ils inventorient tout, et un beau jour quand vous rentrez, pfuit !... votre appartement est vide !... » – Au diable, ces prophéties stupides ! Prestement, elle fit disparaître la brochure perverse sous un coussin.

Impatiemment, elle se mit à trancher les ficelles retenues par des cachets de cire.

L'intérieur du carton était bourré de petits déchets de mousse artificielle en forme de vers blancs, qui, sitôt le couvercle soulevé, se mirent à sauter partout. Tout cela, Seigneur ! à ramasser !...

– Ne vous donnez pas cette peine, Madame Amélie, s'interposa la Merveille. Je m'en occupe...

Déjà, il était à quatre pattes sur le tapis, se glissant en souplesse sous les meubles, élégant même dans les postures inélégantes, de cette élégance naturelle propre aux jeunes fauves. Dé-con-trac-té, pensa-t-elle, amusée. Elle voyait parfaitement de quoi elle aurait eu l'air elle-même s'il lui avait fallu ramper ainsi, avec ses vertèbres rétives, ses articulations rouillées, à la recherche des diaboliques petits machins. Bah ! se consola-t-elle, on ne peut pas être et avoir été...

... et souleva le dernier papier de soie.

Au fond du carton, il y avait une tasse.

Pas de soucoupe, pas d'assiette à dessert. Simplement une tasse. Bleue comme le ciel, ronde et joufflue, parsemée de nuages blancs peints, l'intérieur tout blanc. Une tasse bleue en faïence.

LA tasse bleue.

« ... Tu sais ce que je suis en train de faire ? avait questionné Simon lors de leur dernier téléphone, il y avait des mois de cela.

– Oui, bien sûr, puisque tu en parles, avait-elle répondu. Tu es en train de boire dans la tasse bleue.

Parce que c'était devenu, entre eux, comme un mot de passe : chaque fois que quelque chose n'allait pas (et c'était de plus en plus fréquent, où était-elle donc passée, Simon, ta miraculeuse baraka ?), il buvait dans la tasse bleue. Au début, elle s'était insurgée :

– Mais c'est de la distorsion d'intention, avait-elle

protesté, je ne te l'ai pas offerte pour qu'elle te console d'échecs déjà subis, mais bien pour qu'elle te fasse des petits déjeuners gais, prometteurs de bonnes journées...

– Eh bien justement : quand je bois dans ta tasse bleue, je me sens... comme à la campagne, j'oublie cette ville allemande où je suis étranger, sa poussière, ses fumées, ces têtes carrées avec lesquelles je n'arrive pas à négocier, et puis les éternelles disputes de mes femmes, et ma fille qui se drogue, et mon cœur qui flanche, et les affaires qui ne sont plus ce qu'elles étaient. Pour un moment je suis avec toi en... en sécurité... »

Et maintenant, au fond de ce carton, la tasse bleue... Elle ne comprenait pas.

Si. Elle comprenait. Elle ne voulait pas, et pourtant elle comprenait. Avant même d'avoir pris connaissance du billet plié déposé à l'intérieur de la tasse.

C'était écrit en allemand. Posément, elle se força à traduire :

« Simon Abrezol est décédé subitement le 12 juillet, à la suite d'une défaillance cardiaque. Dans ses effets, nous avons trouvé cette tasse, avec des instructions pour vous la faire parvenir. Nous ne savons pas qui vous êtes, Madame, nous supposons que vous êtes une amie qu'il a connue en Europe. Obéissant aux dernières volontés de notre cher défunt, nous vous remettons donc cette tasse, à notre décharge ».

Et c'était signé : « Wanda et Rika Abrezol, ses veuves attristées ».

Elle dut s'asseoir tant elle riait.

Ainsi donc, il y était parvenu... « Je voudrais rassembler tout mon monde dans une même maison, mes deux femmes – l'ancienne et l'actuelle – et nos enfants. Mais elles, elles ne veulent pas en entendre parler, elles sont jalouses l'une de l'autre, elle se détestent. Pourtant, est-ce que je ne les aime pas toutes les deux, chacune à sa manière... à ma manière... ? ». Inconscient, Simon, totalement amoral et inconscient... Et voilà que, mort, il les mettait d'accord...

Mort... Le mot, dans sa réalité, l'atteignit soudain en plein cœur. Elle y porta ses deux mains...

– Tout va bien, Madame Amélie ? interrogeait la Merveille.

Combien de fois avait-il déjà posé la question ? A voir son visage anxieux penché sur elle, il semblait qu'elle eût été longtemps absente... Entre ses doigts, il tenait un verre, et sa main tremblait un peu tandis qu'il le lui glissait entre les lèvres, lui faisant boire une gorgée de porto.

Lentement, les choses se remettaient en route. Donc, Simon était mort. Etait-ce pour cela qu'elle s'était sentie tellement angoissée, ces dernières semaines ? Le 12 juillet... Quand avait-elle tenté de téléphoner à Barcelone ? Début juillet, en effet... Emplissant ses poumons d'air, entre ses lèvres elle laissa fuser un long soupir sifflant.

– Tout va bien, Madame Amélie ?

– Tout va bien, jeune homme, s'entendit-elle répondre. Pardonnez-moi, je crois bien que je vous ai fait peur...

– C'était... une mauvaise nouvelle, n'est-ce pas ? Je ne voudrais pas être indiscret... C'est un être cher qui...

Un être cher...

Lui dire : « Nous savions si peu l'un de l'autre, étant tombés abruptement dans nos vie respectives après chacun sa naissance, son enfance, son adolescence dont nous n'avons jamais parlé – et pourquoi l'aurions-nous fait ? Au premier regard, ne nous étions-nous pas "reconnus" et tout, dès lors, n'allait-il pas de soi ? Et de nos existences qui n'ont cessé de se dérouler séparément, nous ne connaissions que les grandes lignes, pourtant nous n'en ignorions rien... ».

Lui dire : « Il y avait, entre celui qui vient de disparaître et moi, des liens étranges, une espèce de fil qui nous reliait : chaque fois que l'un avait besoin de l'autre, c'était comme si un voyant soudain clignotait, et nous n'avions de cesse que nous nous soyons trouvés, où que nos vie mouvementées nous aient déposés... ».

Lui dire : « Le seul homme dans ma vie qui, à chacune de nos retrouvailles, m'ait fait tourbillonner dans ses bras, proclamant : "Tu vois ! On y est arrivés, nous voilà de nouveau ensemble ! Tu n'as pas changé, tu n'as pas pris un gramme depuis..." – C'était "depuis dix ans", ou depuis trois ans, ou depuis six mois, la durée de nos séparations variant au gré de nos existences respectives. Combien de temps en tout avons-nous réellement passé ensemble ? A peine quelques mois peut-être. Mais "Tu n'as pas pris un gramme depuis..." et ce tourbillon dans lequel il m'emportait, joyeux... Est-ce pour préserver "cela" que j'ai veillé à me garder légère ? Désormais, je vais me laisser – non, me faire – grossir, comme l'héroïne de ce roman[1], jusqu'à ce que, sur la balance, je parvienne à ce poids qu'ensemble nous y atteindrions, alors je saurai que je suis devenue nous deux... ».

Ou lui dire tout simplement « oui, un ami vient de me quitter... » car cet inconnu, si gentil soit-il, se soucie de mes vieilles affaires de cœur comme un poisson d'une pomme, et qui le lui reprocherait ?

– Un être cher ? répéta-t-elle, songeuse. Non... non, c'est différent : un autre moi. Au fond, c'est un peu moi

1. « *La Veuve Lucas s'est assise* » de Catherine Lépront (Laffont).

qui viens de mourir et c'est étrange, je n'ai pas encore mal...

– Je comprends, a dit la Merveille, compatissante. Je comprends, Madame Amélie.

– Vous comprenez quoi ? a-t-elle crié, agressive soudain.

– Mais si, a-t-il insisté, apaisant, je crois que je comprends très bien. C'est-à-dire... Comment vous expliquer ? Il me semble qu'il s'agit là de choses que j'aurais... que j'aurais sues et oubliées et dont brusquement, en vous voyant là, je me souvienne...

Puis soudain, comme secouant un enchantement :

– Mais pour en revenir à cette tasse, c'est surprenant quand même, un tel objet sans valeur propre, qu'on prend la peine de vous faire parvenir au prix d'une petite fortune, au lieu de simplement vous écrire...

Elle se tut un long moment, le regardant en se mordant un peu la lèvre, réfléchissant à la manière de lui résumer les choses.

– Peut-être est-ce encore plus bizarre que vous l'imaginez, finit-elle par dire. Voyez-vous, cette tasse, c'est à peine cent grammes d'argile et pourtant, vue sous un certain angle, elle représente une bonne douzaine d'existences. Et combien de hasards malicieux ont-ils dû jouer pour qu'un certain après-midi, dans une certaine ville inconnue où certaines circonstances imprévisibles m'avaient amenée, je l'aie achetée dans un certain magasin découvert là à mon ébahissement, magasin appartenant à une certaine personne ayant autrefois joué un rôle important dans la vie d'un certain personnage qui compte beaucoup pour moi ; achetée donc pour l'offrir à cet ami qui vient de mourir ; mais ce sont d'autres hasards encore qui ont fait que, de cette île lointaine, d'autres personnes impliquées elles aussi dans cette longue histoire me la font aujourd'hui parvenir. Mais allons plus loin : si l'on se donne la peine de la soulever, cette tasse, on y verra, tenez ! la signature d'un céramiste chinois. Si l'une de vos missions vous entraîne un jour en Chine, pourquoi n'enquêteriez-vous pas sur cet artisan, et vous découvririez alors que d'autres vies ont été, elles aussi, mêlées à l'histoire de cette tasse banale. On pourrait tirer de tout cela un roman à épisodes, du style *Santa Barbara,* aux rebondissements interminables et aux personnages les plus divers...

Parler la réintégrait dans le quotidien. Mais pouvait-elle garder là ce garçon toute la nuit pour qu'il l'écoute ? Il devait avoir hâte d'en finir, seule sa bonne éducation l'empêchait de manifester son impatience.

– Allez, conclut-elle, assez bavardé ! Donnez-moi donc vos papiers à signer.

Tandis qu'il les extrayait de sa poche et les étalait sur le guéridon, elle revoyait Simon, lors de leur dernière rencontre, sortant une photographie de son portefeuille et lançant, comme s'il s'agissait d'une blague : « Tu ne sais pas ? Je me suis remarié... ». L'image le montrait mince encore, élégant dans son costume foncé, le châle de prières à franges encore sur les épaules, et à côté de lui une femme toute en rose indien, le cheveu de jais, les traits accusés, un nez dominateur, les sourcils noirs horizontaux, pareille à quelque reine égyptienne, ou encore à La Callas après qu'elle eut maigri... « Pourquoi ne m'as-tu, de nouveau, pas attendue ? » avait-elle questionné, taquine.

– Tu n'étais pas libre...

– Mais j'aurais pu l'être, ou le devenir. Libre, je l'ai déjà été, à plus d'une reprise...

– Oui, mais moi, je ne l'étais pas en même temps... Oh ! et puis tu sais bien que nous, on n'est pas faits pour être mariés ensemble !

– On est faits pour quoi, alors ?

– Ecoute, Amélie, tu crois à la réincarnation ? avait-il questionné, sérieux soudain.

– Oh ! Arrête ! avait-elle pouffé, arrête, Simon ! ça ne te va pas, ces airs inspirés...

– Ne ris pas ! avait-il ordonné, sévère tout à coup. Tu le sais : jamais on n'est parvenus à démêler ce qu'on attendait de nous... On dirait qu'il y a eu, quelque part, un metteur en scène trop pressé qui a disposé de nous deux au hasard, disant "Tiens, ces deux-là, ils ont vingt ans ? Alors on va leur faire jouer Roméo et Juliette " ! Et puis au fil de nos vies, il aurait voulu nous voir interpréter ces amants qui se retrouvent chaque année une heure, à jour fixe. Mais on a tout le temps déjoué ses plans, nous deux, on a été tout autre chose, quelque chose qui, en somme, n'existe pas, n'est pas, comme on dit au théâtre, "une situation". Seulement, le metteur en scène distrait, il nous doit une revanche, il nous doit **notre** rôle. Dans une prochaine vie, tu verras... Peut-être serons-nous frère et sœur ?

Et devant la mine dubitative qu'inspirait cette suggestion :

– L'idéal, avait-il poursuivi en riant à nouveau, ce serait qu'on se retrouve tous les deux dans une seule et même personne...

– Cesse, Simon ! avait-elle prié, cesse tes élucubrations. Moi, je suis dans cette vie, l'actuelle, et j'ai besoin pour la vivre non pas que tu sois présent, non pas, même, que tu me donnes régulièrement de tes nouvelles. J'ai besoin, simplement, de savoir que tu existes...

– Mais j'existerai toujours, Amélie, et toi aussi. Peut-être bien mourrai-je le premier, toi tu es bâtie à chaux et à sable... Mais alors je t'enverrai des signes, je te le jure ! ».

Des signes, la tasse bleue ? Certes : le signe que Simon, maintenant, était mort. Un point, c'est tout.

– Votre signature ici, Madame Amélie. Et puis encore ici, s'il vous plaît.

Du doigt, il lui désignait les endroits ; il lui tendait le bic décapuchonné. Machinalement, elle signait.

– Le double est pour vous...

Il le posait sur la table, pliait l'original, le glissait dans son portefeuille qu'il remettait dans la poche intérieure de son blouson, recapuchonnait le bic.

– Vous reprenez immédiatement la route ? s'enquit-elle par politesse.

– Oh non ! Tout de même pas, je ne repars que demain. C'est que j'ai mes points de chute partout, vous savez, poursuivait-il en riant. Ce soir, je dors chez une copine, elle travaille dans une discothèque, elle finit tard, j'ai tout mon temps.

Elle le raccompagna jusqu'à la porte. Près du seuil, il récupéra un casque de moto, rouge, qu'à son arrivée, dans son trouble elle n'avait pas remarqué.

– Oh ! s'émerveilla-t-elle, vous êtes à moto...

... Ta grosse moto, Simon, autrefois, et je me juchais sur le siège arrière, et je t'entourais de mes bras et nous parcourions, en pétaradant, les chemins de campagne, blancs sous la lune...

– Eh bien voilà, Madame Amélie, je crois bien qu'on va se séparer... Merci pour le porto !... Mais dites, vous ne voulez pas que je reste encore un peu ? Vous m'avez l'air tellement bouleversée, et tellement fragile...

Courageuse, elle plaisanta :

– Cela fait aussi partie des attributions de votre organisation, de tenir la main des personnes émotives qui tournent de l'œil en ouvrant vos paquets ? Non, ça va aller, je vous remercie...

Et puis l'envie, soudain, un peu folle...

– C'est-à-dire... Oh ! Je ne sais pas si j'ose vous demander une pareille faveur, vous allez me juger « un peu dingue » comme on dit de nos jours... Jurez-moi de dire non si cela vous ennuie...

Solennel, il jura.

– J'aimerais que vous me preniez un instant sur votre moto, juste pour faire le tour du quartier... Ça me fera un tel bien... Je crois qu'après, je pourrai pleurer enfin. Et cela aussi me ferait du bien...

Il partit d'un grand rire sonore.

– Chut ! fit-elle par habitude. Les voisins...

– Pas croyable ! hoquetait la Merveille. Eh bien on peut dire que vous, Madame Amélie, vous n'êtes pas banale ! Mais bien sûr que je vais vous le faire faire, votre tour à moto, et avec le plus grand plaisir. Allez, venez, on y va !

Il l'avait prise par le coude. En attendant l'ascenseur, tout à coup :

– Au fait, dit-elle, où donc ai-je eu la tête pendant tout ce temps ? Je ne vous ai pas même demandé votre nom...

Ouvrant la porte et la laissant passer la première, il s'est incliné à la manière des mousquetaires, balayant le sol de son casque comme il l'aurait fait d'un chapeau à plumes.

– Moi ? c'est Simon Santini, Madame Amélie. Simon, pour vous servir !...

Table des Matières

ACHEVÉ D'IMPRIMER
EN OCTOBRE 1992
SUR LES PRESSES DE
L'IMPRIMERIE DU PAQUIS
70400 HÉRICOURT
DÉPÔT LÉGAL : 4e TRIMESTRE 1992

IMPRIMÉ EN FRANCE